UM CAMINHO PARTICULAR DO FUTURO

Ricardo Bernhard

UM CAMINHO PARTICULAR DO FUTURO

REFORMATÓRIO

Copyright © 2024 Ricardo Bernhard
Um caminho particular do futuro © Editora Reformatório

Editor:
Marcelo Nocelli

Revisão:
Marcelo Nocelli
Natália Souza

Foto de capa:
Imagem de Heijnsbroek, *abstract-art*, na Unsplash

Design, editoração eletrônica e capa:
Karina Tenório

Dados Internacionais de Catalogação na Publicação (CIP)
Bibliotecária Juliana Farias Motta CRB7/5880

Bernhard, Ricardo
    Um caminho particular do futuro / Ricardo Bernhard. – .
São Paulo: Reformatório, 2024.
    296 p.: il.; 14x21 cm.

    ISBN: 978-85-66887-76-1

    1. Romance brasileiro. I. Título.
B527u   CDD B869.3

Índice para catálogo sistemático:
1. Romance brasileiro

Todos os direitos desta edição reservados à:

Editora Reformatório
www.reformatorio.com.br

*You cannot bind the future
in that particular way.*

W. T. Cosgrave

1

O motorista parou o carro e foi tocar a campainha. Eu ia descer, mas resolvi esperar. A viagem tinha me deixado enjoada.

Logo surgiu Dona Almerinda, descendo os três degraus do pórtico com o seu jeito ágil. Ela enxugava as mãos num pano de prato, que levava pendurado no antebraço. A mania continuava, portanto. Ela me procurou, intrigada, e então eu saí do carro. A caseira deu um sorriso, que ao mesmo tempo me acolhia e me pedia desculpas. Notei que, sob o lenço amarrado à cabeça, era possível ver as raízes brancas dos seus cabelos. Fora isso, e o peso que ela tinha acumulado, parecia a mesma mulher de aspecto bondoso e de disposição viva.

Pela lateral da casa, marchando com vagar, apareceu Seu Evanildo, marido da Dona Almerinda. Eu tinha sido avisada de que um acidente com um portão, alguns anos antes, havia deixado sequela num dos seus joelhos. Surpresa ou não, ver o caseiro puxando a perna direita pelo caminho de pedra era de entristecer. Os seus cabelos grossos tinham ganhado um brilho amarelado devido ao vício do cigarro, e a sua pele, esturricada de tanto sol, parecia fina, quebradiça, como se pudesse se desmanchar a qualquer instante.

"Tudo bem com o senhor, Seu Evanildo?"

"Bem, sim senhora."

Enquanto Dona Almerinda indicava ao motorista aonde levar as três malas, os dois baús e a porção de sacolas que eu havia trazido do Rio de Janeiro, dei uma volta pelo quintal. Quase não era possível identificar as mudas nativas de gravatás, orquídeas, ora-pro-nóbis e caraguatás que eu mesma havia selecionado e mandado plantar, no passado. Dentes-de-leão, buva, azevém, capim-pé-de-galinha e outras plantas daninhas se imiscuíam pelos canteiros e davam uma impressão de abandono ao jardim. A grama estava alta e cobria por completo os caminhos de pedra centrais.

"É o bendito do meu joelho, Dona Francine," Seu Evanildo disse, arrastando a perna e fazendo cara de dor. "Tornou a incomodar muito nas últimas semanas, e só por isso não consegui deixar tudo do agrado da senhora. Que a senhora tenha piedade."

O motorista buzinou de leve, e voltei à entrada da casa para pagar o serviço. Eu já havia passado as instruções algumas vezes, mas ele esteve tão avoado durante a viagem, que achei por bem repetir que ele devia retornar o carro à garagem do meu prédio no Cosme Velho e entregar as chaves ao porteiro. O motorista olhou para a Dona Almerinda e abriu um sorrisinho debochado, que a caseira não correspondeu. Ele partiu, e, enquanto eu observava o meu carro virar a curva para a rua principal de Sebastião de Ararampava, no sentido do Rio de Janeiro, uma onda de enjoo se levantou dentro de mim.

"A senhora não quis ficar com o carro?" Dona Almerinda perguntou, novamente com uma expressão comiserada.

"E eu preciso de carro nesse vilarejo, Dona Almerinda? Vou vender. Já coloquei um despachante pra ver isso."

Ela me examinou de cima a baixo com os seus olhos redondos e ligeiros. Era o enjoo. Eu devia estar pálida, com aparência fraca. "A senhora tá precisando é duma fatia de broa de fubá e duma xícara de café fresco. Vamos entrando?" Dona Almerinda estendeu o braço na direção da entrada, o pano de prato pendendo como uma flâmula atada ao seu corpo.

Eu não quis seguir. Fiquei parada, na calçada, para observar a casa. E o que vi me desolou. Eu não poderia esperar outra coisa. Eu sabia. Eu não poderia ter a ilusão de que o Cláudio e a Júlia haviam dado conta de cuidar do imóvel, fazer os reparos necessários, passar ordens aos empregados, naqueles últimos anos. Ainda mais com o Tomás tão pequenino. A minha desolação era insensata, eu sabia, mas era forte. O mofo na fachada, a tinta descascada nas folhas de madeira das janelas, as rachaduras no painel de vidro da porta de entrada, as peças danificadas e sujas no telhado colonial de cerâmica, os toldos furados ou tortos no andar superior — tudo compunha uma versão deteriorada da casa vistosa, aconchegante, que o Antero e eu tínhamos mantido durante muito tempo, mais de duas décadas. Essa imagem nostálgica da casa nos seus melhores dias eu levava na memória e em dois porta-retratos, guardados em um dos baús que o motorista havia carregado escada acima. Eu queria providenciar as reformas trabalhosas e os ajustes picados necessários para restabelecer o viço e a graciosidade da casa? A náusea escureceu a minha vista. Não, eu não queria, mas era o que as circunstâncias exigiam de mim.

"A senhora não entra?"

Fiz que não. "Pra que tanta curva nessa serra, Dona Almerinda? Estou desacostumada." Eu disse que precisava dar uma volta pela mata para tomar um ar puro e curar o mal-estar. Logo voltaria para provar o bolo e o café.

Dona Almerinda inclinou a cabeça, como se condoída da minha fraqueza, e encostou o portão. Seu Evanildo seguiu a esposa casa adentro, arrastando a perna.

O nosso terreno era o último da pequena rua. Para além dele, abria-se um trecho remanescente da Mata Atlântica, que circundava Sebastião de Ararampava como se o vilarejo fosse uma clareira atrevida no meio da floresta. Eu recordava que, às vezes, a minha sensação no sítio era que Ararampava estava numa situação precária e poderia a qualquer momento sucumbir ao caos verde; outras vezes, ao contrário, a sensação era que o vilarejo formava uma frente avançada para a subjugação final da Mata.

Naquela manhã, as figueiras-brancas, os capixinguis, as sapucaias e, mais adiante — logo após um pomar natural de ananis, laranjas e limões —, a cachoeira, modesta e constante, pareciam todos me dirigir um aceno hospitaleiro, me dar frescas boas-vindas. Os nomes das plantas, que o Antero tanto havia repetido para mim, voltavam sem esforço, como nomes de conhecidos antigos. Essas plantas seriam, a partir de então, a minha companhia.

Sentei na raiz aparente de um anani, à beira do riacho. O Vicente e o Cláudio adoravam tomar banho no seu leito escuro, barrento. O Cláudio gostava de ficar embaixo da cachoeira, de sentir a queda d'água nas costas, enquanto o Vicente mergulhava para explorar o mundo submerso, trazendo para a superfície, quando muito, algum girino, que logo escapava entre os seus dedos. O Antero ficava caminhando entre as árvores e a todo instante parava para tentar colher algum fruto agarrado a um galho mais alto. Se tinha sucesso, não o levava para casa, mas, sim, deixava perto do tronco para alimentar a fauna. Quando ele voltava para perto de mim e colocava a mão no meu ombro, eu dizia que os animais não precisavam daquela ajuda, e ele respondia que tudo bem, que era só um gesto simples de aproximação e cuidado. Eu dava um ligeiro beliscão no seu braço, e o Antero ria. Era uma daquelas pequenas repetições que criam um sentido de continuidade para o dia a dia de um casal.

Eu não o tinha mais, assim como não mais veria os nossos dois filhos juntos. Estar no sítio em Ararampava era a forma possível de renovar, pela memória, a vida em família, de encontrar algum conforto na segurança do passado.

2

Fazia seis meses que o Cláudio, o meu filho caçula, tinha morrido. Seis meses mais do que suficientes para eu perceber que não havia motivo para continuar morando no Rio de Janeiro. Lá, eu me sentia uma mulher solitária, embora, na prática, não fosse, não exatamente. Em Ararampava, eu estaria de fato isolada, mas teria outro tipo de companhia que não me deixaria me sentir tão sozinha — os vestígios da família, de nós quatro juntos, da nossa unidade naquela casa, e isso se prenunciava algo puro e acolhedor. Nos cômodos desocupados e por mim redecorados, nas rotinas perdidas que não mais preenchiam os espaços, o apartamento do Cosme Velho sublinhava a perda, o desmantelamento da família. Ali havíamos vivido tudo, de tudo, e a visibilidade da ausência me oprimia e me isolava, ainda que, da porta para fora, eu tivesse a quem procurar. O sítio em Ararampava guardava, nas áreas verdes intocadas, na decoração interna preservada sem alterações, a marca afetuosa da nossa felicidade de veraneio. O sítio era uma espécie de diorama do nosso melhor passado, e isso me ampararia.

Durante um longo período, antes da morte do meu filho, essa consciência de que o sítio evocaria um tempo alegre havia contribuído, na verdade, para que eu evitasse Ararampava. Eu não estava pronta para me enternecer com as memórias. Agora, que eu não tinha mais o Cláudio, eu queria viver dentro dessas memórias, a partir delas.

Eu tinha tentado, no Rio, lutar contra a solidão. Reorganizar a minha vida e os meus afetos. Ser mais presente e melhor com aqueles que tinham ficado, que o Cláudio havia deixado. Com o Tomás, o meu netinho de quatro anos, e com a Júlia, a quem eu sempre veria como a minha nora. Nos primeiros meses de luto, busquei participar mais da rotina do meu neto, ensaiei gestos de aproximação junto à minha nora. Os meus gestos não foram bem recebidos, os meus anseios de proximidade não se concretizaram. Nem a perda do marido fez amolecer a desconfiança que a Júlia alimentava contra mim.

O Antero diria que a culpa dessa desconfiança era minha. E eu precisaria reconhecer que, bem no início do relacionamento entre o Cláudio e a Júlia, ela era expansiva, atenciosa, até amorosa comigo. Eu me lembrava do sorriso permanente que ela mantinha no rosto, da sua disposição sincera de ajudar na cozinha, da sua habilidade de espantar silêncios com comentários sensíveis sobre a decoração do apartamento no Cosme Velho ou sobre as minhas roupas, da forma quase infantil como ela demonstrava que gostaria de ser aceita e querida por mim. Ao contrário do que eu tinha notado em namoradas anteriores, a devoção que ela externava, sem reservas, com relação ao Cláudio não parecia ter o propósito oculto de tomá-lo de mim. A devoção dela parecia querer se somar ao meu amor por ele. Uma devoção colaborativa, não competitiva, que era uma extensão da personalidade transigente da Júlia. E não, eu não acreditava que tudo era um mero número para me tapear no início do namoro.

No entanto, com o tempo, nos afastamos. Não que tivesse havido qualquer conflito. A Júlia simplesmente passou a visitar a minha casa com frequência cada vez menor. Nas poucas vezes em que aparecia, acompanhando o Cláudio, tendia a ficar calada, folheando uma revista ou assistindo a qualquer bobagem na tevê, que eu tinha a mania de deixar sempre ligada. Depois do nascimento do Tomás, então, as atenções e os cuidados com o filho serviam como o pretexto perfeito para não falar comigo.

Da minha parte, eu tampouco frequentava a casa deles com regularidade. Achava importante respeitar a privacidade do casal. Só ia quando convidada, e a verdade era que nunca me convidavam. Ou melhor, a Júlia nunca me convidava. Pois o Cláudio, como qualquer homem, não teria essa preocupação ou essa presença de espírito.

Ele ia à minha casa, que tomava como um prolongamento da sua ou como uma propriedade parcial vitalícia, quando bem entendia — e se a mulher, em geral, não tinha vontade de acompanhar, ele não daria importância ao fato. A Júlia, sim, sabia bem o que estava fazendo, ao não me incluir na vida conjugal que levava com o meu filho. Apesar disso, eu nunca lhe quis mal.

Se eu não tinha retribuído a simpatia e a amabilidade da Júlia com doação e acolhimento, não havia sido de propósito. Nem por cálculo, nem por implicância. Eu nunca soube participar do jogo sutil da construção de intimidades. Quanto mais necessário era o meu engajamento na dinâmica do afeto, menos eu era capaz de entregar o esperado. Que a Júlia tivesse, diante disso, ajustado o seu comportamento, tratando a mim com distância e frieza que refletiam as minhas, não devia nem me surpreender nem me exasperar. E não me exasperou mesmo: eu sempre gostei da Júlia.

Ah, mas se o Antero estivesse vivo, como tudo teria sido diferente. Nós dois teríamos recebido o Cláudio e a Júlia e, mais adiante, especialmente mais adiante, também o nosso netinho Tomás, para almoços e chás da tarde e jantares sem fim. Teríamos subido a serra em comboio para passar férias e fins de semana prolongados em Ararampava. Teríamos levado frutas e vinhos para os dois, chocolates e pirulitos para o Tomás, como desculpas afetuosas para visitas de surpresa ao apartamento do nosso filho em Santa Teresa, onde seríamos sempre bem-vindos. A morte do Cláudio teria, de verdade, suscitado o estreitamento da nossa relação com a Júlia e com o Tomás, e o Antero teria insistido que os dois fossem morar conosco no Cosme Velho, onde teriam mais apoio. E a Júlia, por educação, para não incomodar, recusaria a oferta com olhos chorosos e agradecidos.

Só que o Antero havia falecido quinze anos antes, logo depois de o Cláudio terminar a faculdade. Cardiologista de formação, foi levado por um infarto. Ele teria enxergado uma ironia nisso e dito que, se não houvesse largado o exercício da cardiologia clínica para se embrenhar na administração de hospitais, talvez o seu coração não houvesse aprontado contra ele, numa sabotagem de quem se sentia desprestigiado.

O Antero é quem havia decidido comprar o sítio em Ararampava, quando os meninos eram tão pequenos que ainda nem tinham sido alfabetizados. Ele é quem havia tido a ideia, lapidado o desejo, pesquisado as melhores áreas na região Serrana, nos levado para visitar propriedades, nos levado para *revisitar* as propriedades mais promissoras, negociado com o dono da casa de Ararampava por ele afinal escolhida, cuidado da papelada, contratado as reformas necessárias, aberto o portão no primeiro fim de semana em família no vilarejo. Um vilarejo mínimo, situado na base do triângulo formado por Petrópolis, Itaipava e Teresópolis, no sopé da Serra dos Órgãos. Um vilarejo que me pareceu, naquele primeiro fim de semana, um recanto verde, fresco e lindamente monótono. Um lugar onde se devia entrar deixando do lado de fora todas as ambições, todas as preocupações citadinas. Um lugar onde cabia apenas se misturar e se irmanar com os ruídos, com as cores e com as texturas da natureza crua e palpável.

E foram exatamente essas as ideias que moveram o Antero a decidir comprar um sítio. Ele queria que os nossos filhos convivessem com a simplicidade rica do meio natural desde a primeira infância, desde antes de construírem as primeiras memórias de longo prazo. Na visão dele, o contato frequente com a flora e a fauna era o antídoto mais poderoso contra a arrogância, era um escudo contra a vontade de ganhar a qualquer custo, era um elemento humanizador. Com o passar dos anos, diante das reclamações do Vicente e do Cláudio contra mais um "fim de semana perdido e estragado", o pai repetiria aqueles princípios para os próprios meninos.

Por trás da filosofia educacional do Antero, existia também, como é tão comum, a sua desilusão com a banalidade do sucesso profissional, o seu enfado com o desassossego do dia a dia na metrópole. Em certas tardes no sítio, ao nos sentarmos para tomar um chá na varanda depois do almoço, envolvidos pela aragem fresca que descendia a serra e colhia no caminho a umidade do riacho, o Antero se permitia dizer que aquele lugar parecia ter sido feito para aplacar as angústias de um cardiologista frustrado, transformado num burocrático gestor hospitalar. Não que ele odiasse o trabalho. A maturidade tinha lhe dado imunidade contra rebeldias mirins, e ele reconhecia e valorizava não apenas a dimensão humana das relações sociais do trabalho e o retorno material que a carreira proporcionava à família, mas também a utilidade final de toda a engrenagem de máquinas, funcionários e procedimentos. De qualquer forma, ele achava inevitável que a rotina de solução de miniemergências práticas, de elaboração de planos diretores, de reuniões executivas, de promoções e demissões, resultasse num senso de esgotamento e de amargura. Na virtual totalidade dos casos, as questões que iam bater no seu gabinete ou eram resolvidas sem deixar um legado palpável, ou não podiam ser resolvidas e se dispersavam como fantasmas administrativos. O sítio de Ararampava era o sanatório espiritual do meu marido, o pedaço de terra onde ele guardava e encontrava valor.

Enquanto o Antero viveu, nós subíamos a serra quase todo fim de semana, certamente todo feriado prolongado, e pelo menos por algumas semanas em todas as férias de verão dos meninos. Eu nunca fui ao certo apaixonada pelo lugar. Os insetos me irritavam, as reclamações dos meninos me irritavam, os vizinhos gregários me irritavam, os vizinhos antipáticos me irritavam, a mísera rua central do vilarejo me irritava. No entanto, eu não trabalhava nessa época. Os dias no Rio de Janeiro me permitiam cuidar dos meus afazeres e dos meus interesses. Eu tinha o tempo que faltava ao Antero. Acompanhá-lo nos intervalos das suas semanas de trabalho, permitir que ele se sentisse vivo e completo ao menos nessas viagens simples, não me custava muito. Nunca reclamei, nunca fiz o Antero se sentir culpado por nos levar a toda hora para Sebastião de Ararampava, sempre procurei conter as resistências do Vicente e do Cláudio. Por outro lado, nunca endeusei o sítio. O Antero já fazia isso por todos nós.

Quando ele faleceu, eu quis vender o terreno. Para mim, não havia alternativa. Ideia do Antero, xodó do Antero, obsessão do Antero, o sítio não parecia ter um papel independente do meu marido na vida da família. Comentei os meus planos por telefone com o Vicente, que a essa altura já estava morando no Ceará, engenheiro contratado para supervisionar a construção de uma hidrelétrica numa cidade perto da capital. Ele não apenas não se opôs, como deu força. Presumi que a distância do Rio de Janeiro, a impossibilidade de me ajudar a cuidar do sítio, estivessem por trás do incentivo para a venda. Falei então com o Cláudio — e que surpresa! Ele tachou a minha ideia de absurda e se prontificou a comprar o sítio, se necessário. Recém-formado em Administração de Empresas, o caçula tinha sido contratado como *trainee* por uma rede estadual de hortifrútis alguns meses antes. Sentado numa banqueta no bar que o Antero e eu tínhamos montado num canto da sala de estar, vestindo uma camisa social larga demais no pescoço, ele pediu, muito a sério, a minha paciência quanto ao pagamento. Argumentando que naquele momento era inviável comprar à vista ou mesmo dar uma entrada, ele se comprometeu a iniciar a quitação com parcelas a princípio suaves, que ele iria aumentando conforme a carreira progredisse. Eu ri e nem me dignei a responder. Fui ao quarto, peguei as chaves que ficavam na mesa de cabeceira do Antero e as coloquei na mão do Cláudio, desejando bom proveito. A partir de então, a casa pertencia a ele.

Era um curioso desenrolar dos acontecimentos. Com o passar dos anos, a partir da adolescência, tanto o Vicente quanto o Cláudio tomaram gosto pelo sítio. Levavam amigos da escola e da rua, exploravam a natureza fazendo trilhas e acampamentos, curtiam a privacidade dos seus quartos. Mas era nítido que o Vicente gostava mais de lá do que o irmão, que o Vicente era de certa maneira o líder dos dois, o mentor das atividades. No entanto, o Cláudio é quem havia se recusado a contemplar a ideia de vender o sítio.

Por quê? Depois de entregues as chaves, pensei que o caçula podia estar preocupado em honrar a memória do pai. O falecimento era tão recente. Ou que talvez o início da vida adulta e de trabalho, as primeiras pressões exercidas pelo estoque crescente de responsabilidades, estivessem levando o Cláudio a vislumbrar, no sítio, os mesmos valores que encantavam o pai. O Cláudio era, afinal, parecido comigo nas características de personalidade, no modo como se relacionava com as pessoas, mas enxergava o mundo com a mesma sensibilidade emocional e filosófica do Antero.

De qualquer forma, não acreditei que o interesse no sítio fosse perdurar. Imaginava que, um dia, ele entraria no meu apartamento do Cosme Velho e pediria autorização para se desfazer do terreno — "é muito trabalho, não estou dando conta, gosto de lá, mas nunca encontro tempo pra visitar", ou algo assim. Não aconteceu. Pelo contrário, ele gostava de levar paqueras para Sebastião de Ararampava e, principalmente depois que começou a namorar a Júlia, subia a serra com ela em toda oportunidade. Parecia o pai. Eu não seria capaz de dizer que jamais fiquei chateada por ele não me convidar para ir junto. Ele nunca me chamou, fato. Mas respeitei as escolhas dele. Eu não podia me intrometer. O Cláudio queria manter o sítio como um espaço para a sua vida, para a sua família. E eu, além do mais, não queria ter vendido o terreno na primeira chance? Era natural que ele não pensasse em me incluir naquela parte da sua vida. Justo. Triste às vezes para mim. Justo de um ponto de vista racional. No mais, eu tinha guardado uma chave reserva comigo, para emergências, e podia ter visitado o sítio quando bem quisesse. Eu podia ter ido. Mas deixei estar. A perspectiva de ficar sozinha na casa, em meio às memórias do Antero e do nosso tempo em família, me abalava. E nunca mais pisei em Ararampava, do falecimento do Antero até o meu retorno quinze anos depois, com a intenção de ficar de vez.

3

Praticamente nada havia mudado em Ararampava nos meus quinze anos de ausência. Ou nada de essencial. Nem no sítio nem na vizinhança.

O Cláudio parecia ter feito um esforço consciente para manter a casa na exata configuração em que o pai a havia deixado. Descuidos de manutenção à parte, e não eram poucos, a sensação era a de readentrar um tempo em que éramos quatro e felizes. Nos primeiros dias, eu andava pelos aposentos às lágrimas e aos arrepios. Não sou espiritualista, nunca conheci em mim sentimentos religiosos, mas os três estavam lá. Os objetos, a interação muda entre eles, as formas de ser e de estar que os objetos evocavam, tudo traduzia a presença do Antero, do Vicente, do Cláudio.

Na sala, continuava sendo um desafio transitar entre os móveis rústicos, de madeira pesada, que o Antero costumava coletar em feiras e lojas de antiguidades pela região Serrana sem senso de praticidade ou de necessidade. O sítio, para ele, era o território da gratificação ilimitada, e os nossos joelhos é que sofriam as consequências. Explorei o ambiente, curiosa, em busca das pequenas diferenças e novidades que haviam de existir. Na cristaleira, descobri um conjunto de copos de licor, muito delicados, com as bordas delineadas por fios dourados, do qual eu não me lembrava. Devia ter sido incorporado à casa pela Júlia. No canto de uma parede, espremida entre duas estantes de livros, uma tela a óleo, em que figuras geométricas se sobrepunham formando uma espécie de escada para lugar nenhum, também acrescentava um toque novo à decoração. Notei, numa quina da tela, a assinatura da minha outra nora, Marcela, que era artista plástica, e deduzi que havia sido um presente para o Cláudio e a Júlia. Fora miudezas desse tipo, a sala parecia, no todo, intocada.

Na maior suíte da casa, na penteadeira sobre a qual eu costumava colocar não estojos de maquiagem, caixas de joias e que tais, mas, sim, porta-retratos, eu vi as mesmíssimas fotografias do meu tempo, já esmaecidas, enquadradas pelas molduras agora descascadas ou enferrujadas. Eu teria imaginado que a Júlia, tão jovem e vaidosa, daria nova serventia, mais tradicional, para a penteadeira, ou pelo menos que, decidindo manter os porta-retratos, trocaria as fotos por outras, dela, do Cláudio, dos seus amigos, do meu netinho Tomás, de quem fosse. Nada — uma foto minha e do Antero com lenços amarrados na cabeça preparando uma goiabada, outra dos nossos meninos exibindo orgulhosamente um alvo com dois dardos espetados no centro, outra de nós quatro montados a cavalo em algum haras das redondezas, outra do Antero apontando para um mico pendurado num galho no meio da mata — esses e outros registros do nosso passado em Ararampava pegando poeira e o sol de fim de tarde durante todos os anos de ausência do Antero e minha também. Teria o Cláudio impedido a Júlia de mexer na arrumação?

O estado em que encontrei o quarto dele e o do Vicente reforçava essa hipótese. Ambos preservados como pequenos museus dos seus interesses juvenis. O do Vicente permanecia um depósito de bricabraques trazidos por ele do Rio de Janeiro, a partir da adolescência. Prancha de surfe, skates, duas guitarras, protótipos de tanques montados na faculdade, livros de engenharia, camisetas de times de basquete americanos, um globo terrestre amassado, um telescópio de pé, tudo compondo uma coleção desordenada dos seus interesses múltiplos e, com frequência, descartáveis. No quarto do Cláudio, a bagunça era a mesma, mas notei um equilíbrio maior entre suvenires da infância e da juventude. Pôsteres das suas bandas favoritas cobriam em parte o papel de parede de cavalinhos de equitação, que ele próprio havia escolhido quando tinha uns oito ou nove anos. Nas estantes, carrinhos de fricção, um tabuleiro de futebol de botão, um jogo de boliche de plástico, uma coleção de soldadinhos de chumbo, caixas de Lego e quebra-cabeças dividiam as prateleiras com revistinhas do Asterix, dos Cavaleiros do Zodíaco e da Marvel, romances policiais da Agatha Christie e do John le Carré, tubos de bolas de tênis, fitas VHS de cinema europeu e manuais de administração de empresas e de estratégias de investimento. Eu intuía o toque do Cláudio na conservação desses ambientes. Eu sentia a presença constante e doce do Cláudio na casa.

Por outro lado, nos meus momentos menos sentimentais, ao observar o sítio como uma galeria do passado, eu via escapar dentro de mim pensamentos nada benevolentes, de uma mãe exasperada com o comportamento do filho. *Como era preguiçoso o Cláudio!*, eu pensava. Ou: *como era turrão!* — pois não deixava a mulher encostar em nada. Ou ainda: *que diabos fazia o Cláudio quando subia a serra? Só dormia?*

Mas então, se eu dava uma volta pelas redondezas, eu me censurava por esses pensamentos. O vilarejo não estimulava a ação, o movimento. Se o Antero conseguia colher frutas, cortar lenha, preparar goiabadas e geleias, animar churrascos e fazer pequenos consertos na casa, era devido à sua energia interior, não porque o contexto servia como motivação. E o Cláudio, nesse aspecto, puxara à minha temperança, não à industriosidade do pai.

O balanço da vida no vilarejo não havia mudado um triz. Quase todas as casas seguiam trancadas a maior parte do tempo. Não se morava naquele pedaço de Ararampava: subia-se a serra para fins de semana ou, o que era mais comum, para temporadas de veraneio. Na nossa rua, os donos das casas trancadas, segundo a Dona Almerinda, continuavam os mesmos, exceto pelos Ramos, que costumavam zanzar num jipe laranja fumacento e não faziam falta, e pelos Martins, o que era uma grande pena, pois a Tereza era a única pessoa com quem eu gostava de conversar nos meus velhos tempos de Ararampava. Os novos proprietários da casa dos Ramos tinham construído uma pequena quadra de basquete no terreno, mas eu nunca via ninguém quicar uma bola ali, e folhas secas e gravetos acumulavam sobre o piso emborrachado. A casa que pertencia aos Martins estava à venda fazia anos. A placa de anúncio pregada na grama alta cismava em tombar com o vento, e eu não sabia quem entrava no terreno para a endireitar. Quando passava em frente à casa, a Dona Almerinda sempre se benzia.

Dos antigos donos, haviam sobrado os Botelhos, que tinham para si que o quintal era um lugar apropriado para tocar violão, em dupla, ao longo de tardes intermináveis. (Todos nós achávamos que tudo era permitido em Ararampava, longe das nossas vidas reais na capital?) Apesar da insistência com o instrumento, o casal parecia nunca dominar de verdade a técnica. Ou será que eles praticavam apenas quando estavam na serra, os violões guardados no armário e desafinando sozinhos à longa espera dos donos bissextos? Pois os Botelhos pouco apareciam em Ararampava, o que, pensando na harmonia sonora da vizinhança, até que não era mau.

    Haviam sobrado também os Novaes, que transpiravam alegria e boa disposição. Eram do tipo de vizinhos que, ao ver um conhecido passar pela rua, saem correndo de casa para puxar conversa e convidar para um café. Tinham sempre uma dica de onde comprar o queijo canastra mais saboroso da região, ou uma história do tempo em que eram mais jovens e mantinham uma casa de praia na Costa Verde ("mas aí cansamos de tanta areia" diziam ao final da história, rindo sozinhos e sacudindo as roupas). O Antero adorava os Novaes e lamentava apenas que os filhos deles, uns anos mais velhos do que os nossos, não subissem nunca com os pais para Sebastião de Ararampava. Eu achava que dava para entender o motivo, mas se eu esticava a boca e erguia as sobrancelhas para sugerir isso, o Antero defendia o casal, argumentando que eram pessoas boas. Eram. Boas, mas indiferentes ao dever de respeitar o espaço alheio. Boas, mas adeptas das críticas embrulhadas no papel sedoso dos conselhos. Não queria o mal dos Novaes, mas não queria conviver com eles, como eles me forçavam, gritando "Francine!" a cada vez que me detectavam caminhando às pressas pela nossa rua compartilhada.

    Na propriedade colada à nossa, haviam sobrado os Lucenas. Denise e Hélio Lucena. Por opção (eu acreditava) ou por algum problema que jamais se sentiriam à vontade para mencionar (opinião do Antero), os dois não haviam tido filhos, uma exceção na vizinhança de resto repartida entre famílias tradicionais. Só por esse motivo, talvez aquela área de Ararampava não fosse o lugar mais conveniente para os Lucenas comprarem um sítio. Mas existia um agravante: os dois detestavam crianças. Ou ao menos as nossas. É verdade que o Vicente e o Cláudio usavam o nosso quintal para brincar de fazer bolinhas de sabão, jogar futebol, soltar pipa, lançar aviões de papel, atirar um no outro com pistolas de água, arremessar *frisbees*, praticar voleios com raquetes de tênis e até arriscar rebatidas com um taco de beisebol — e que acontecia, como não, de bolas e brinquedos caírem do lado oposto do muro. É verdade também que nós não ignorávamos que, no quintal deles, o Hélio estava sempre concentrado na composição das suas peças minuciosas e, francamente, muito bonitas de marcenaria, e que a Denise estava sempre tentando executar os seus laboriosos alongamentos meditativos, que às vezes pareciam golpes de caratê em câmera lenta. Nenhum deles reclamava do barulho propriamente, pelo menos até os nossos meninos começarem a dar festas ao ar livre, animadas por música alta, na juventude. Mas, quando um tiro mal calibrado fazia água respingar sobre um pé de mesa de jacarandá no qual o Hélio estava trabalhando, ou quando um *frisbee* batia nas costas da Denise no momento em que ela sustentava o corpo na horizontal apoiada sobre as mãos, lá vinham eles tocar a nossa campainha, com o rosto enfezado. Depois, não havia gentileza da parte do Antero que contornasse o mal-estar, e ele fazia questão de levar potes de geleia nas manhãs de domingo, ou cestas de ovos pintados por artistas da região nos fins de semana de Páscoa. Agora que eu morava sozinha em Ararampava, agora que não mais se viam crianças na nossa rua, eu estava intrigada para conhecer, talvez, os verdadeiros Lucenas. Mas eles nunca apareciam.

Quem não saía nunca de Ararampava, pois formavam a única família da rua que de fato morava no vilarejo, eram a Damiana e o Geraldo. Continuavam as mesmas pessoas simples, acanhadas. A idade deles devia regular com a minha, mas os dois sempre tinham parecido bem mais velhos. Talvez por isso, porque o envelhecimento havia se adiantado, não pareciam ter sido tocados pela passagem do tempo durante os meus quinze anos de ausência. A Damiana me observava atrás do mesmo rosto "talhado pelo sofrimento", como o Antero dizia, e o Geraldo levantava o chapéu para me cumprimentar revelando a mesma careca polida. Moravam do outro lado da rua, três casas adiante. A história de como os dois vieram a ser proprietários da casa era de domínio público no vilarejo, e era uma das primeiras coisas que recém-chegados ouviam, ao se apresentar aos outros vizinhos. Quem a contou para mim e para o Antero foram os Novaes, que nos pararam, só sorrisos e palmas, quando fazíamos o primeiro passeio pelas redondezas como legítimos e orgulhosos donos do nosso sítio. A história era surpreendente, mas não extraordinária. A Damiana e o Geraldo eram empregados de um senhor e uma senhora que, como todos nós, moravam no Rio de Janeiro e subiam a serra de maneira esporádica. No cair da velhice, a senhora, num intervalo curto de tempo, ficou doente e faleceu. O viúvo, que não tinha filhos nem parentes próximos, começou a passar longas temporadas em Ararampava e acabou se instalando no vilarejo de vez. A Damiana e o Geraldo se transformaram, então, nos seus acompanhantes, nos seus enfermeiros, nos seus confidentes. O senhor, enternecido com os cuidados, decidiu mexer no testamento e legar o imóvel aos caseiros. Quando a morte anunciada o levou, poucos anos antes da chegada da nossa família a Ararampava, a rua ganhou os seus primeiros moradores fixos.

Que então somavam três e, agora, quatro. Pois a Damiana e o Geraldo, quando o senhor ainda estava vivo e os dois ocupavam as dependências separadas dos fundos, tiveram uma menina, chamada Isabela. Diziam, aliás, que o senhor havia feito questão de transmitir a casa no nome da menina, com usufruto vitalício dos pais, para impedir que os caseiros inventassem de vender o imóvel em troca de um dinheiro que não saberiam administrar. A Isabela, que agora era mais do que moça feita — feita e refeita, pois já devia estar perto dos quarenta anos —, continuava com os pais. Ou melhor, perto dos pais, uma vez que havia se casado e morava com o marido justamente nas dependências dos fundos do terreno, que me pareceram maiores e mais vistosas do que a minha lembrança delas, embora devesse ser apenas impressão. A Isabela e o marido, que se chamava Luciano, não tinham filhos.

À parte a Dona Almerinda e o Seu Evanildo, os quatro integrantes daquela família local eram as únicas pessoas que eu via com qualquer frequência em Ararampava. A Damiana, que no passado se mantinha encolhida no seu canto e não perambulava muito pelo vilarejo, deu para me cobrir de atenções e potes com salgadinhos e travessas de arroz doce e outros mimos. Ao se despedir, sempre dizia que estava rezando muito por mim, com o coração "penhorado", uma linguagem que havia de ter colhido em alguma missa ou na Bíblia. O Geraldo, sem falta postado atrás da esposa, quieto e muito magro, levantava o chapéu, com ar compungido, e os dois seguiam. Eu entendia o porquê da delicadeza. Uma mãe que perdeu um filho sempre entende. Ao mesmo tempo, eu não queria incentivar a piedade de ninguém, tanto mais de gente simples que talvez não tivesse o bastante nem para si, e aos poucos um distanciamento mais equilibrado foi se estabelecendo.

O que, aliás, parecia ser o desejo da filha da Damiana desde o princípio. Pois, se a mãe se mostrava atenciosa comigo, a Isabela, por outro lado, mal me cumprimentava quando nos esbarrávamos nas minhas voltas ocasionais pela vizinhança. Ela sempre havia sido arisca, e não me surpreendi. O marido, que eu não conhecia, era ainda pior. Metido num daqueles chapéus de retirante, com pano de proteção que cobria as orelhas e a nuca, nem sequer levantava a cabeça quando eu topava com ele, apenas fazia o grunhido que é usado como saudação por tantos homens do interior. Demorou um tanto, mas, numa manhã em que eu retornava do vilarejo, afinal ouvi a voz do Luciano. O jeito de falar, meio anasalado e indolente, como se fosse um enorme esforço articular as sílabas das palavras, não deixava dúvidas de que ele tinha sido criado na região. Estranhei que ele estivesse conversando com a sogra no quintal dos Botelhos, mas logo compreendi. A Damiana apontava alguns cantos do jardim, pedindo atenção, e alertava que a próxima visita dos donos da casa poderia acontecer a qualquer momento. Ele tirou uma tesoura para poda de uma bolsa grande e agachou para começar a trabalhar. Claro. O Luciano era contratado, pelos vizinhos que não tinham caseiros, para cuidar do jardim.

Ao me ver, a Damiana acenou, mas não veio até mim. Continuou orientando o genro. Eu que a chamei e perguntei se o Luciano tinha tempo na agenda para arrumar e manter também o meu quintal. O Seu Evanildo não tinha mais condições de fazer trabalho braçal. A Damiana respondeu sem sequer consultar o pobre do homem: "Quando a senhora quiser."

Agradeci e segui pela rua. Eu tinha um jardineiro e em breve poderia convidar a Júlia e o Tomás para me visitar num fim de semana.

Ao passar pela casa da Damiana, notei que a Isabela estava sentada na varanda, sozinha. Dei um tchauzinho, era o mínimo que a boa educação mandava, mas ela fingiu que não me via.

4

Na infância dos meninos, a Isabela era a única criança que os dois sempre encontravam na vizinhança nas nossas idas a Ararampava. Não demorou para que se unissem num trio indivisível. A personalidade do Vicente e do Cláudio se complementava de uma forma que tornava natural o acolhimento da menina, tornava sustentável a convivência dela entre os dois. A desinibição e a vivacidade do primogênito desarmavam o acanhamento de nascença da vizinha e davam origem a novas, infinitas ideias de brincadeiras. Depois, quando o tempo passado juntos e o inevitável desencontro de vontades poderiam levar os três ao conflito e a Isabela a fugir para o isolamento do lar, a temperança e a empatia do caçula entravam em cena, criando uma rede de conforto em torno da vizinha. Tal como era, o Vicente a trazia para perto, e o Cláudio permitia que ela continuasse por perto.

E os três não se largavam. Iam tomar banho no riacho carregando óculos de mergulho, uma rede de caçar borboleta adaptada para a pesca e uma câmara de ar de pneu de caminhão que servia como boia. Visitavam o bar da Ruiva, os bolsos tilintando com os trocados recebidos do Antero, para comprar chiclete Ping Pong, *chup-chup* de doce de leite e, nos dias de maior bonança, picolés Chicabon. Acampavam à tarde no quintal da nossa casa dentro de uma barraca da Turma da Mônica, que vivia desmontando sob o vento e que, mesmo inteiriça, não impedia o assédio dos pernilongos, responsáveis infalíveis pelo fim da aventura ao cair da noite. O Vicente tentava ensinar o irmão e a vizinha a se equilibrar num skate, bem cedo pela manhã quando o asfalto ainda não estava tão quente; num teclado antigo trazido do Cosme Velho, o Cláudio incentivava os outros dois a memorizar algumas canções singelas, mesmo sem compreender uma linha da partitura; na mata, a Isabela subia os troncos das árvores e se dependurava dos galhos, mordiscando um fruto só pelo barato e rindo-dos meninos, que jamais conseguiam reproduzir a estripulia. Quantas vezes eu não chamei os três, na rua, no quintal, nos cômodos da casa, para que fossem à cozinha comer bolo de cenoura com cobertura de brigadeiro, baldes de pipoca estourada na panela, hambúrgueres, biscoitos com gotas de chocolate branco, preparados por mim e pela Dona Almerinda. E os três vinham na hora, com as bochechas coradas, as testas brilhantes, os peitos arfando, e se sentavam em silêncio e devoravam tudo com um semblante remoto e contente. Não precisavam de mais nada, não queriam mais nada da vida.

Alguns anos depois, a Isabela se tornou uma moça graciosa, bonita mesmo, e os seus trejeitos encabulados, persistindo, ganharam ares de polidez e contenção. Não era difícil imaginar que ela se desprenderia, na vida, dos caminhos limitantes que a simplicidade dos seus pais parecia impor sobre o seu futuro. Não era difícil imaginar que ela deixaria Ararampava — esse e outros vilarejos de interior para sempre descartados dos seus planos — e tentaria a sorte no Rio de Janeiro ou em outra capital, o leque de possibilidades de sucesso se abrindo diante dos seus encantos. Desde já, quem dava a impressão de ter se dobrado ao pé desses encantos eram o Vicente e o Cláudio. Os dois pareciam cativados pela amiga tornada moça. Espiando pelos cantos, não ficava claro se a Isabela alimentava a paixonite dupla, o que seria até compreensível no jogo comum da juventude, ou se os seus modos, de natureza ambíguos, é que levavam a crer que ela lançava um charme esquivo, de propósito, sobre os meninos. A mim, parecia, sim, que ela gostava de exercer um poder sobre os dois, de testar sobre eles a sua recém-descoberta habilidade de fascinar — com recursos tão singelos quanto uma caminhada para longe, quanto um menear repentino da cabeça. Se, me deparando com os dois frustrados diante dos portões da casa dela, eu ia consultar a opinião do Antero, eu ouvia apenas contemporizações. Ele dizia não notar nada, mas de todo jeito argumentava que, se de fato houvesse algum interesse da parte deles, seria normal e desimportante, um passatempo de adolescência que substituía as brincadeiras de infância.

Eu não via assim. Para uma mãe, uma situação dessas, envolvendo um filho, nunca poderia ser tão trivial. Eu achava que não havia cabimento os dois bancarem os bobos diante da vizinha. Os dois de sentinela à frente do portão aguardando a sua saída, os dois seguindo os seus passos pelo vilarejo com um olhar babão, os dois deixando de fazer o que era mais interessante para eles para mendigar minutos a mais com ela. Fiquei desapontada, meio indignada, com o Vicente e com o Cláudio, e tomei implicância contra a menina.

Anos depois, naquela manhã em que a cumprimentei e ela, da varanda, fingiu que não me via, eu me perguntei se o que eu havia sentido não seria só ciúme de mãe. Que mãe gosta de perder a atenção de um filho, de constatar que o centro de gravidade afetivo de um filho escorregou da família e foi se instalar no mundo lá fora, numa moça lá fora? Mas eu suspeitava que o ciúme, se existente mesmo, não podia explicar tudo. E me perguntei se o meu desapontamento, se a minha implicância, não se originavam, também ou principalmente, de algo que eu talvez devesse chamar de preconceito, mas que eu preferi nomear como intolerância. Por mais que a Isabela aparentasse, na postura e no físico, ter os atributos necessários para deixar o vilarejo e construir uma vida mais ambiciosa numa cidade grande, eu achava que uma vizinha de sítio de veraneio não era moça para os meus filhos.

Intolerância à parte, eu pensei, o tempo tinha se encarregado de demonstrar que as minhas intuições de mãe estavam corretas. A Isabela não era moça para o Vicente e para o Cláudio. Era moça para um jardineiro das redondezas.

5

A vida no sítio era uma coleção de pequenos prazeres e pequenos perigos.

Colher flores para montar arranjos para a casa, ajudar a Dona Almerinda a preparar geleias e doces, passar verniz numa escrivaninha à qual o Antero gostava de fazer contas e ler, espanar e ajeitar os objetos nos quartos dos meninos, essas e outras frugalidades acalmavam a minha cabeça, me davam a sensação de poder contribuir para um sentido de ordem. Era como se as minhas miúdas intervenções evocassem e reforçassem as lembranças dos nossos momentos alegres naqueles mesmos espaços.

Entretanto, se eu me sentava na varanda para ouvir o canto dos canários e dos araçaris pela manhã, ou para contemplar o sol se pôr atrás da serra à tardinha, se eu parava à beira da cachoeira para me cercar do rumorejo das águas e do frescor tão verde, se eu me acomodava na cozinha para observar a lida da Dona Almerinda ou se eu circulava pelo jardim para dar apoio moral aos esforços do Seu Evanildo, a minha mente, ociosa, se desviava para pensamentos desolados, penosos de entreter. As tardes, principalmente as tardes, eram morosas e infinitas, como são as tardes no interior. Dentro dessa imensidão estagnada, nos intervalos dos meus pequenos prazeres, eu pensava no Cláudio, eu pensava que não tinha mais o Cláudio, eu relembrava a sua morte, que era e sempre seria impossível de aceitar e que havia passado a ser, também, difícil de decifrar.

A doença tinha sido repentina. Precoce, tão precoce. Sem lógica e injusta. Porque não era aceitável que um homem jovem, de trinta e poucos anos, que não gostava muito de beber e mantinha uma dieta sem excessos, fosse acometido por um câncer de fígado. Não era justo, e mesmo assim o Cláudio parecia encarar a provação com tanta força, com tanta serenidade. Veio a quimioterapia, veio a melhora inicial, veio o ressurgimento com malignidade redobrada, veio o fim, e o meu caçula enfrentou tudo com firmeza, com estoicismo. Como se nenhum temor e nenhuma revolta fizessem sentido, porque ele estava preparado para o que acontecia, porque ele aceitava o que acontecia. Tanto admirei a força do Cláudio. Queria poder admirar a sua grandeza até que chegasse a minha vez de me despedir deste mundo, queria poder me comover com a sua resignação digna, madura, e dela tirar inspiração para conviver com a minha própria dor. Eu não podia mais.

    Desde aquele dia no Cosme Velho. Àquela altura, tinham passado alguns meses do falecimento do Cláudio, e não havia mais a expectativa de que a Júlia e eu seríamos levadas, pela nossa perda comum, a nos aproximar. Ou eu, ao menos, não guardava mais essa ilusão. De modo que me surpreendi quando, numa tarde de sábado, a Júlia bateu à minha porta, sem aviso. Ela trazia o Tomás a tiracolo, e presumi que ela não havia encontrado outra pessoa para olhar o meu neto por um tempo, para que ela pudesse fazer qualquer coisa na rua. No entanto, depois de instalar o menino no sofá e entregar a ele o seu celular, sintonizado num desenho animado, ela se sentou à mesa de jantar e me pediu um chá. Enquanto a água esquentava, agachei perto do Tomás e perguntei se ele tinha vindo passar a tarde com a vovó. Ele só levantou os ombros, sem tirar os olhos da tela pequena. A Júlia tinha colocado a bolsa sobre a toalha de mesa, o que me incomodava, mas me contive e não falei nada. Quando levei o bule e a servi, ela pegou a xícara e a afastou, como se o chá que ela mesma tinha pedido fosse uma amolação.

    "Você sabia disso aqui?", ela me perguntou, sem maiores introduções, tirando da bolsa um envelope pardo um pouco amassado e deslizando-o sobre a toalha na minha direção.

Parei de mexer o meu chá e abri o envelope. Dentro havia duas folhas: o laudo de um ultrassom do fígado e um pedido de exame de biópsia, ambos referentes ao paciente Cláudio Frias Duque. Logo chamou a minha atenção que, na folha do pedido de exame, o Cláudio houvesse escrito, em letra de forma, com caracteres garrafais, na sua caligrafia preguiçosamente inclinada e inconfundível, a palavra NÃO. A Júlia estava muda, me dando um tempo, e a minha mente se agitou.

Seria o NÃO um grito de angústia, por terem feito no ultrassom um achado que recomendava uma análise mais aprofundada? Mas parecia faltar uma exclamação à palavra. Teria o Cláudio retornado ao pedido, depois de realizada a biópsia, depois de constatada a malignidade do tumor, para descarregar naquele papel a sua indignação, como se a culpa residisse ali? Mas isso não condizia com o brio com que havia atravessado toda a sua provação. Quer dizer, a menos que a temperança fosse um número social, sustentado para apaziguar a dor alheia e para evitar demonstrações de pena. A menos que o Cláudio escondesse, no seu íntimo, a ira e a inconformidade que não se permitia revelar a ninguém. Mas eu não acreditava nisso. Ou melhor, para os outros, tudo bem, ele podia manter um personagem calculado. Não para mim, pensei. O Cláudio era transparente com a mãe. Quanto aos princípios e aos sentimentos que eram mais importantes para ele, sim, era transparente comigo. Diante da doença e da possibilidade do fim, em meio às circunstâncias mais terríveis da sua vida, o Cláudio não ocultaria de mim, pelos anos de sofrimento que seguiram, as suas reais emoções. Não, eu não podia compreender a negativa que o meu filho tinha gravado no pedido de exame. Parecia infantil, incongruente. E eu tampouco podia compreender por que a Júlia tinha trazido aqueles papéis.

Olhei para ela pedindo explicações. Ela rebateu o meu olhar com uma expressão de raiva, de incredulidade.

"A data," ela disse, "confere a data."

Conferi. Calculei rápido na cabeça. Por alto. E tive um choque. Havia sido mais ou menos dois anos antes de o Cláudio comunicar que estava com câncer e iniciar o tratamento.

"Onde você encontrou isso?"

A Júlia bufou. "No cofre que ele aparafusou dentro do armário."

"Tem certeza?"

A Júlia não respondeu, apenas apontou para os papéis. Era um chamado a que eu inspecionasse de novo a palavra NÃO escrita à margem do pedido de biópsia? O traço firme, deitado, anguloso, era o traço do meu filho. Não fazia sentido que a Júlia estivesse pregando uma peça, era evidente que não estava. Eu tinha de aceitar o que via, eu tinha de lidar com a perplexidade que crescia dentro de mim. Como? Por quê? O Cláudio havia tido a chance de investigar o tumor no fígado quando talvez ainda existisse chance de tratamento, de cirurgia, mas escolheu não investigar, recusou-se a investigar. Por que contribuir para que o tumor avançasse, por que se deixar morrer? E, mesmo dentro dessa lógica sombria, por que preservar as provas documentais da sua decisão autosacrificante? Por que não rasgar simplesmente os papéis? A não ser que fossem só mais um entre tantos outros exames e pedidos e faturas e declarações que descreviam a progressão inclemente da doença. Um laudo e um pedido médico que poderiam facilmente ter se perdido na pilha crescente de exames. Talvez tivesse se esquecido deles.

"Você achou outros exames no cofre?"

A Júlia respondeu com um meio sorriso, que não consegui entender. Não era um sorriso nervoso, parecia um sorriso debochado. "Só esse. Todos os outros exames e documentos, quando eu já sabia o que estava acontecendo, ficavam guardados comigo."

Fosse o Vicente, poderia ter sido um mero lapso. Mas o Cláudio era metódico, detalhista. Se o laudo e o pedido de biópsia estavam dentro do cofre, é porque o meu filho queria isso. Queria, depois da morte, convidar interrogações, nos instigar a conhecê-lo melhor, a conhecê-lo por inteiro, talvez pela primeira vez. Ainda diante dos papéis, eu me vi atendendo ao chamado do

Cláudio, eu me vi pensando nele sob uma luz nova, uma luz desconhecida e incômoda.

Ele não era ranzinza, mal-humorado. Ao contrário, era sempre simpático, polido. Tratava todos com cortesia, embora com distanciamento, e com atenção, embora sem intimidades — inclusive a mim. À diferença do Vicente, o Cláudio não gostava de compartilhar ideias e sentimentos, de deixar que os outros participassem da sua vida, de deitar no colo, de ficar à vontade, de curtir e valorizar a companhia. Nisso, eu precisava reconhecer, ele tinha me puxado. Mas não havia sido sempre assim. Até meados da adolescência, ou talvez até o início da vida adulta, o Cláudio era o que se costuma chamar de um menino normal. Próximo dos pais e do irmão, amoroso, bom amigo. Mas, aos poucos, o Antero e eu fomos nos dando conta de que o menino dócil tinha discretamente se transformado num jovem ensimesmado, mais para quietão, que não se sentia bem em se abrir com ninguém, salvo em raras ocasiões. O falecimento do pai pareceu agravar esse traço. Antes, se o Antero e o Cláudio estavam a sós na sala do Cosme Velho, e eu aparecia de repente, eu tinha a sensação de estar interrompendo alguma conversa. O silêncio entre os dois estalava com aquela tensão que sucede um corte brusco, que trai um esforço consciente de comedimento. No entanto, se eu questionava o Antero mais tarde, ele desconversava, dizia que não se lembrava da situação, mas garantia que eu nunca interromperia nenhuma conversa entre ele e o nosso caçula — "não temos segredos". E eu deixava as minhas cismas para lá. Mais importante do que o meu melindre de não partilhar da cumplicidade dos dois, era a minha esperança de que essa cumplicidade de fato existisse. Depois que perdemos o Antero, o ensimesmamento do Cláudio piorou. Ele tinha recém-concluído o curso de Administração de Empresas, ele tinha recém-iniciado a vida profissional na rede de hortifrútis, e eu poderia ter pensado que o recolhimento se devia ao cansaço da nova rotina, à apreensão com as novas responsabilidades, ao choque com as transformações súbitas na sua vida. Na verdade, eu poderia ter pensado que nem era tão certo assim que ele estava mais recluso do que o normal. Pois eu não poderia estar confundindo a sua ausência de casa por períodos mais longos com um distanciamento emocional talvez inexistente? Talvez, mas o que eu fiz foi culpar a mim mesma pelo distanciamento que eu acreditava observar. A minha velha incapacidade de cultivar intimidades, até com os meus próprios filhos, voltava para me assombrar. Sem o Antero para unir a família com a sua afabilidade, com a sua empatia, eu confrontava as minhas insuficiências a descoberto. E senti culpa, sim.

No entanto, com o passar do tempo, convivendo sozinha com o meu caçula, acompanhando de perto as pequenas variações e a real essência dos seus modos acabrunhados, eu fui construindo uma impressão diferente sobre eles. Eu fui me convencendo de que não estavam ligados nem a uma falta de identificação comigo, nem a um desinteresse genérico em se engajar com outras pessoas, nem a uma tristeza persistente de fundo. O distanciamento do Cláudio, dentro dessa lógica, não seria bem um distanciamento emocional. Apenas parecia ser, pois a reação natural de qualquer um é enxergar o ensimesmamento alheio como um sintoma de desinteresse ou desajuste emocional. O Cláudio parecia, na verdade, viver fora do tempo, ou viver como se a passagem do tempo fosse irrelevante para ele. Isso, em primeiro lugar, é que o cobria com aquele ar remoto, às vezes frio, ausente. Pois a abertura à banalidade do que está acontecendo agora, a troca despretensiosa de frases sobre o que acabamos de vivenciar ou de sentir, é que nos trazem para as circunstâncias presentes, permitem que formemos conexões afetivas, nos conferem uma impressão de normalidade. O Cláudio parecia não reconhecer a importância disso. Parecia disposto a se doar apenas ao que era essencial.

E o que era essencial para ele aparentava ser tão transparente! Não era nada fora do comum, eram os objetivos previsíveis de quem tinha uma personalidade conservadora — permanecer, continuar, manter, segurar, eram os verbos moderados das suas prioridades ponderadas. Permanecer no Rio de Janeiro, a sua cidade natal. Continuar na rede de hortifrútis, a empresa que lhe tinha dado o primeiro emprego e onde ele galgava a escada corporativa com velocidade condizente com o seu sentido de responsabilidade. Manter as poucas amizades que trazia da juventude, as quais ele procurava proteger do cinismo da vida adulta, da influência dos contatos do mundo de trabalho. Segurar os namoros tanto quanto podia, tão longamente quanto os sentimentos permitissem. Nessa constância que dava estrutura à sua vida, o Cláudio parecia deixar claras quais eram as suas prioridades, onde ele reconhecia e depositava os seus valores. Não que o seu comedimento, a sua falta de iniciativa, não parecessem, às vezes, uma cobertura para o Cláudio poder se recolher, à vontade, no seu ensimesmamento cativo. Mas eu não conseguia ver mal nisso. Nunca vi mal no que é estável e forte, fosse qual fosse a sua origem ou o seu propósito. E eu acreditava na força e na estabilidade do Cláudio.

Até aquele laudo e aquele pedido de biópsia trazidos pela Júlia me fazerem questionar a imagem que eu havia formado a respeito do meu filho. Até aquele NÃO oblíquo, rabiscado no papel, me levar a reenxergar a solidez da rotina e dos princípios como um possível artifício. O que a regularidade, o equilíbrio, o autocontrole podiam esconder? Até o desejo de desistir da própria vida? Eu jamais havia pensado no meu caçula dessa maneira. Eu não queria pensar nele dessa maneira. Eu precisava me recolher, me acalmar, se possível, um dia, tentar entender.

A Júlia guardou os documentos no envelope e chamou o Tomás para irem embora. A minha expressão devia estar arrasada, mas, independentemente do meu estado, a Júlia já devia ter a sua opinião formada. Porque ela saiu balançando a cabeça, com um meio sorriso irônico, como se não pudesse admitir a ideia de que eu não sabia nem desconfiava de nada.

6

Eu estava com a Dona Almerinda na sala de estar, ajudando a remover as cortinas dos trilhos das janelas. Pensando com frieza, não era necessário que eu lavasse ou arrumasse nada na casa. Não pela visita.

Finalmente eu tinha conseguido convencer a Júlia a trazer o Tomás para passarem um fim de semana em Ararampava — fazia tanto tempo que eu não via o meu neto. Ora, a Júlia vivia subindo a serra com o Cláudio e, se não havia tido o cuidado de tomar conta adequada do sítio, se a sujeira, o mofo e a falta de conservação eram o resultado acumulado, é porque não dava importância ao assunto. Era natural que, nos últimos anos, os anos da doença do meu filho, a Júlia não houvesse tido tempo ou forças para orientar e fiscalizar o trabalho dos caseiros, para preservar os detalhes menores da boa ordem. Mas certos problemas que eu fui identificando no sítio não eram o resultado da negligência de alguns meses ou de alguns aninhos. Aquelas cortinas, por exemplo, não tinham ficado manchadas e encardidas no passado recente, certamente já pediam uma visita à lavanderia havia década ou mais. Se era um modo de demonstrar ao marido que não gostava de subir a serra com tanta frequência, ou se era um desinteresse geral pela arrumação em Ararampava, ou se era simples preguiça de quem via a casa de veraneio como um território de puro desprendimento, eu não sabia. O ponto é que não havia necessidade de apresentar o sítio com brilho e cheiro de lavanda para quem havia tido a responsabilidade de cuidar dele e não tinha cumprido o seu papel, fosse qual fosse o motivo. Necessidade não havia, mas eu estava fazendo pelo meu neto, eu estava fazendo por mim. Agora, aquela não era mais só uma casa de veraneio. Era a minha casa, era a casa da vovó.

Durante a arrumação, quando eu ficava cansada com algum trabalho mais pesado, me dava ganas de perguntar à Dona Almerinda o que tinha se passado naquela casa, de cobrar uma explicação para tamanho estado de abandono. Mas ela ia encarar como uma crítica a ela e ao Seu Evanildo, e isso eu não queria. Mesmo que eu deixasse claro que estava questionando o que a *Júlia* andara fazendo aquele tempo todo, não adiantaria. Mesmo que eu reconhecesse que a Dona Almerinda e o marido tinham mesmo de cumprir a vontade dos donos da casa, que não era apropriado tomar iniciativas contrárias ao tom dado pela patroa, não adiantaria. Eu conhecia a Dona Almerinda. Ela não tinha mudado nada naqueles quinze anos. Continuava bondosa e, como costumam ser as pessoas bondosas, muito suscetível. E eu precisava dela. Eu gostava dela e do Seu Evanildo. Não queria que criassem mágoa contra mim, que achassem que eu vivia observando o que eles faziam para avaliar se correspondia aos meus padrões de certo e errado. De modo que eu me segurava e, a muito custo, continha a minha vontade de desabafar sobre a minha nora, de questionar que fantasma de patroa era aquele que tinha zanzado pelo sítio durante mais de uma década, sem se incomodar com cortinas que pendiam, pura sujeira, na sala cada vez mais bolorenta.

Em vez disso, tratei de pensar para a frente, de buscar soluções e não culpados. Eu quase podia sentir o Antero soprando ao meu ouvido que, de tanto o ouvir contar sobre a rotina de administração de um hospital, eu tinha acabado aprendendo alguma coisa sobre gestão. Pois lá estava eu orientando o Seu Evanildo a pintar e consertar aqui e ali, e, se as tarefas eram penosas demais, contratando serviços de fora para suprir as deficiências do meu empregado. E lá estava eu orientando a Dona Almerinda a limpar, arrumar, reorganizar, e, se as lides eram estafantes demais, somando o meu próprio esforço ao dela.

Foi assim que, num daqueles dias, lá estava eu de pé numa escadinha, arrastando os ganchos das cortinas da sala pelos trilhos. Removendo-os com cuidado pela extremidade, recriminava a mim mesma por nunca ter pensado em trocar os trilhos comuns por trilhos suíços. De joelhos no sofá, a Dona Almerinda segurava os panos caudalosos, explicava mais uma vez quais eram os seus males de saúde e pedia desculpas por não dar conta de fazer tudo sozinha.

"Ih, ela deve estar querendo falar com a senhora."

Não entendi e não me interessava entender, mas, por reflexo, perguntei a quem ela se referia.

A caseira bateu de leve no vidro do janelão, que dava para a frente do sítio, me convidando a conferir com os meus próprios olhos.

Eu estava mesmo precisando de uma pausa. Desci da escada e olhei para fora. A Isabela estava plantada na rua, bem rente ao portão, espiando a casa. Não chegava a ser uma surpresa. Desde o primeiro dia de trabalho do marido como jardineiro, a Isabela volta e meia aparecia no portão, como se quisesse apurar o que o Luciano estava fazendo. No início, não me importei. Achei exagerado, um pouco estranho, mas não me importei, supondo que duraria pouco. Não durou. Dia após dia, ela ia até o portão, passava um tempo olhando para dentro, às vezes com um ar inexpressivo, às vezes com uma cara de quem perdera qualquer coisa, partia, demorava um tanto, voltava. O marido, cortando a grama, arrancando dentes-de-leão, podando os canteiros de gravatás, continuava imperturbável o seu trabalho. Nunca ia ao portão ver do que se tratava. Nunca acenava para a mulher, nem sequer olhava para ela, ainda que já tivesse percebido a sua presença. Quando eu estava na varanda ou caminhando pelo quintal, passei a interromper a minha leitura ou as minhas divagações para encarar a Isabela, explicitando a minha irritação. Isso a espantava. Mas só por um tempo, pois o processo logo se repetia.

"Normal," eu disse à Dona Almerinda. "Hora de espiar o marido."

"Qual nada, Dona Francine. Hoje não é dia do Luciano."

Procurei por ele no quintal, e realmente não havia sinal do jardineiro.

"A pobrezinha deve estar querendo falar com a senhora," a Dona Almerinda especulou. "É o jeito dela. Encabulado, vexado, olhe lá."

A Isabela, que até então estava com um braço cruzado sobre a barriga e a outra mão apoiando o queixo, pareceu ter notado que estava sendo observada da janela. Pois deu uns passos como se decidida a partir, voltou por um instante, pareceu cogitar tocar a campainha ou bater palmas para chamar alguém, desistiu, e finalmente se foi.

"Ah, a senhora não vê? Conheço a bichinha desde que nasceu. Sempre teve esse jeito envezado, como diz o outro, esse jeito que põe uma dúvida na cabeça dos outros, mas é boa a menina, nunca fez mal, e pouco sai de casa, ainda mais depois do..." A Dona Almerinda se benzeu, meneou a cabeça, julgou desnecessário ou terrível demais completar a frase. "A senhora acredita nessa história de trauma? Tem coisa que acontece com a gente que a gente não consegue nem mais levantar depois. É trauma, Dona Francine, peça pegajosa que o Coisa Ruim prega num e no outro. A pobrezinha..."

Eu não me lembrava do que podia ter acontecido com a Isabela a ponto de a deixar traumatizada. Será que um dia eu havia sabido e com o tempo esquecido? Era provável. Eu tinha uma tendência a esquecer acontecimentos da vida alheia, o que fazia de mim a melhor ouvinte de fofocas — ou a pior, dependendo do ponto de vista. Tudo, inclusive o já ouvido, era sempre novidade. Supus que a Dona Almerinda estivesse exagerando. As pessoas bondosas tendem a aumentar qualquer pequeno revés alheio. Concordei com ela para encerrar o assunto.

Voltamos ao trabalho com as cortinas. Ao terminarmos, chamamos o caseiro, que tinha conseguido um carro emprestado na vizinhança para levar os tecidos a uma lavanderia em Itaipava. Bagageiro cheio, o Seu Evanildo deu partida na picape velha e saiu, fumegante e barulhento, pela rua — na qual não se via mais a Isabela. Num tom hostil que constrangeu a mim mesma, ainda me virei para a Dona Almerinda e disse que, se a vizinha queria mesmo falar comigo, que tomasse coragem, batesse à porta e pedisse para entrar. Ora, que medo era aquele? A caseira pôs as mãos no lenço amarrado à cabeça e comentou, em parte zombeteira, em parte estremecida:

"Ih, com mãe não se brinca..." e tomou o rumo das suas dependências nos fundos.

Não entendi, mas não liguei. Muitas vezes eu não conseguia entender a maneira como a Dona Almerinda e o Seu Evanildo enxergavam as coisas, as conclusões a que chegavam, as tiradas que disparavam. Pensei que o mesmo tipo de incompatibilidade, que vinha da diferença de contextos e da ausência de referências comuns, pudesse estar me impedindo de compreender o jeito e as intenções da Isabela. Que solução havia? Ou melhor, que importância tinha?

7

No meio da tarde, eu estava dissolvendo um pó de gelatina tutti-frutti na água fervente quando buzinaram na frente de casa. Corri para acionar o portão da garagem. A Júlia estacionou e saiu do carro, de óculos escuros, massageando a testa. Deu a volta para abrir a porta do Tomás, que, ao contrário do que eu esperava, não saltou e correu pelo quintal afora. A mãe precisou coagir o meu neto a descer e fez até alguma leve ameaça, que, de onde eu estava na varanda, não consegui entender. Quando afinal saiu, o Tomás ficou parado um tempo, observando tudo ao redor debaixo dos seus cachinhos castanhos, que tanto lembravam os do pai. Parecia um pouco atônito, e talvez estivesse se perguntando, à sua maneira infantil, se já tinha estado ali. Fazia mais de um ano que ele não visitava Ararampava, e eu sabia que, para um menino de quatro anos, esse intervalo era suficiente para transformar o sítio numa novidade.

A Júlia pegou a sua bolsa de mão e veio me cumprimentar, enquanto o Seu Evanildo, discreto, levava para dentro a pequena mala que tinham trazido. Iam passar apenas um dia no sítio. Para mim, estavam chegando tarde demais no sábado para quem partiria já no domingo, mas me contive e não me queixei. A Júlia levantou os óculos escuros e os apoiou no alto da testa. Ela não estava usando maquiagem e, sob os seus olhos, via-se que a pele estava fina e escurecida. Não importava: a mesma ideia de beleza e de correção, que transparecia na sua juventude como uma força natural e às vezes intimidante, era transmitida pelo seu rosto mais envelhecido.

"Como essa serra dá enjoo. Tive que parar duas vezes no caminho pra..." A Júlia prendeu a respiração, como se lutasse contra uma nova onda de náusea. "Pelo menos o Tomás não sentiu nada."

Eu poderia ter dito que eu também havia chegado enjoada ao sítio, mas não disse.

"Puxou ao pai," eu comentei. "O Cláudio sempre foi uma fortaleza pra subir a serra."

O Seu Evanildo voltou, colocando-se de prontidão caso ainda precisássemos do seu apoio. A Dona Almerinda veio com ele, dando as boas-vindas às visitas. Júlia os cumprimentou com frieza. Deu um "olá, tudo bem?" seco, nem se dignou a ouvir as respostas e se curvou para coçar as canelas descobertas, reclamando dos mosquitos que a tinham picado nas paradas à beira da estrada. Eu me choquei com a frieza e fiquei pensando se por acaso ela não tinha se desentendido com os caseiros em alguma das suas visitas à Ararampava. Talvez isso explicasse por que não tinha dado conta de administrar direito a casa, e talvez isso explicasse por que a Dona Almerinda, cuja memória era minuciosa, não tinha esboçado nenhuma reação quando eu lhe contara da visita próxima. Eu não compreendia como alguém poderia arranjar um desentendimento com caseiros tão amáveis, mas eu estava alegre demais com a visita do meu neto para me deixar levar pela cogitação de picuinhas passadas.

    A Júlia ficou parada na varanda, cheia de cerimônia, esperando que eu a convidasse para entrar. Achei excessivo, mas ao mesmo tempo gostei da deferência, do reconhecimento de que agora a casa era minha, e não mais dela. Na sala, não elogiou a limpeza e o frescor do ambiente, mas eu entendia que qualquer palavra simbolizaria uma admissão indireta de culpa pelo mau estado em que tinha deixado a casa. Se não elogiou, ficou olhando tudo em detalhe, circulando entre os móveis numa prolongada inspeção do terreno. Esse interesse me pareceu um substituto suficiente de elogios. A Júlia aceitou fazer um lanche leve, durante o qual só falou para perguntar se o Tomás queria torrada com requeijão ou com manteiga e para pedir que ele não tomasse o café com leite fazendo tanto barulho. De resto, massageou e massageou a testa, tomou um chá de jasmim e provou dois biscoitos de nata da Dona Almerinda. Por fim, disse que gostaria de se deitar um pouco. Ela permaneceu sentada, esperando, e logo entendi que ela não sabia em qual cômodo se recolher, presumindo, com razão, que eu havia me reapossado do quarto onde o Cláudio e ela costumavam dormir. Eu a levei até o quarto que era do Vicente, pensando que fazia mais sentido deixar o quarto do Cláudio para o Tomás. Em meio à prancha de surfe, às guitarras e às outras parafernálias largadas para trás pelo meu filho mais velho, não resisti e comentei, num tom ligeiro, como se pensasse alto, que aquela decoração implorava há anos para ser reformulada. A Júlia não comprou a briga. Antes a desarmou. Disse que, para ela, o quarto passava uma ideia de autenticidade, de vida vivida, e não a frieza das decorações projetadas em escritórios especializados. Uma resposta da minha parte, sendo eu arquiteta de formação, embora frustrada, poderia soar como uma defesa da classe, e não como um revide pessoal. Fiquei quieta. Desejei bom descanso, encostei a porta e desci para ficar com o meu neto.

O Tomás tinha desistido da torrada com manteiga e brincava à mesa com dois bonequinhos que não largara desde a chegada. Eu me sentei com ele e, a muito custo, entendi que o sapo azul com uma língua cor de rosa comprida, mais parecida com um cachecol, se chamava Greninja, ou algo assim, e que o misto de gato e tigre, laranja e cinza, com caninos aparentes e olhos ameaçadores, tinha o nome de Torracat, ou algo assim. Eram os seus Pokémons favoritos, me explicou.

"Quer levar o Greninja e o Torracat para brincar na cachoeira?"

O Tomás deu um pulo. "Pra lutar contra os Pokémons selvagens, vovó, e ganhar experiência!", ele se entusiasmou com a ideia, apenas corrigindo a missão.

Que tarde passamos juntos! Todo o meu esforço para que viessem foi recompensado. No riacho, o Tomás fez incontáveis expedições subaquáticas para que o Greninja pudesse lutar contra outros "Pokémons do tipo água", enquanto, do lado de fora, eu segurava o Torracat, pois era evidente, vovó, que um gato não gostaria de um mergulho. Depois, o Tomás segurou o Torracat enquanto eu o empurrava no balanço — um balanço solitário, já enferrujado e rangente, que o Antero havia prendido a um galho de uma figueira-branca quando o Cláudio era pequeno. "O Torracat tá aprendendo novos movimentos, vovó!" Eu o empurrei mais forte, e o Tomás ficou repetindo "Torracat! Torracat!", numa voz marcial. Do bosque, seguimos para a venda do Seu Tião, no vilarejo, onde compramos balas Juquinha. Chupando uma atrás da outra, o Tomás brincou com dois fliperamas bem antigos, um de luta e outro de futebol, que ficavam do lado de fora do bar da Ruiva, deserto àquela hora da tarde. Antes de deixar a rua principal, paramos para tomar geladinho na praça em frente à igreja, a única do vilarejo. Em cada lugar a que chegávamos, a cada atividade que fazíamos, o Tomás exclamava "Legal!", agitando os bonecos em piruetas no ar. Era como se estivesse vivenciando tudo pela primeira vez. Por uns instantes, isso me entristeceu. Observando-o saltitar com os seus cachinhos, que eram idênticos aos do Cláudio, eu me perguntei se ele, que tinha se esquecido de Ararampava, ainda se recordava do pai. Ainda que se recordasse, eu me perguntei quanto tempo faltaria para que essas memórias também se dissolvessem no esquecimento da primeira infância.

Voltamos para o sítio por um caminho diferente, que seguia por uma rua anterior à nossa e desembocava numa parte mais distante do bosque. O leito de folhas estava pontilhado de goiabas, que caíam dos galhos como se o nosso farfalhar à sombra fosse suficiente para fazê-las precipitar. Tirei uma sacola da bolsa e chamei o Tomás, que pulava entre os frutos, engajado em mais uma oportunidade de treinamento para os seus Pokémons.

"Vem ajudar a vovó a colher goiaba, Tomás."

Ele levantou os ombros. "Hummm. Dá pra fazer dango de goiaba, vovó?"

Eu nunca tinha ouvido falar daquilo e achei que ele estava pronunciando errado o nome de outra comida. "Dango, dango... o que que é isso? Tem certeza de que se chama assim? Rango, dango, frango, morango..."

"Não, vó, é dango! Eu como sempre que vou na casa do meu amigo Luca. A mãe dele, que tem os olhinhos assim, ó," ele esticou os olhos numa feição oriental, "que nem os do Luca, traz pra gente no quarto."

"E como é esse dango?", perguntei, ainda desconfiada.

"São umas bolinhas que vêm assim, ó, uma grudada na outra, num palito grande. Quatro bolinhas pra cada um. Quatro dangos. E a mãe do Luca às vezes desenha umas carinhas no dango. Carinha feliz, carinha séria, carinha triste... É engraçado morder um dango triste, vó. Parece que ele não quer ir pra nossa barriga." O Tomás esticou novamente os olhos, simulando uma pirraça.

"Ah, que interessante. É japonês, então? E que gosto tem?"

"Doce."

Eu ri. "Isso eu posso garantir que a goiabada da vovó vai ser: muito doce."

Convencido, o Tomás começou a pegar e a arremessar as goiabas dentro da sacola, como se estivessem sendo golpeadas pelos seus dois Pokémons. "Eu queria que o meu amigo Luca tivesse vindo aqui comigo."

"E ele já veio outra vez?"

O meu neto parou e ficou me olhando com uma expressão concentrada, como se se esforçasse para lembrar se o amigo já tinha estado em Ararampava. Afinal, franziu a testa e balançou a cabeça, como se a minha pergunta fosse completamente boba. Eu ri comigo mesma, pensando em como era adorável que as crianças acreditassem que o conhecimento que elas tinham era transparente para todos.

Chegamos ao sítio com a sacola abarrotada. A Dona Almerinda me ajudou a lavar e a descascar as frutas, enquanto o Tomás assistia a um desenho em que personagens superexpressivos travavam, num tom sério, quase aflito, conversas que vira e mexe desandavam em lutas cheias de efeitos especiais. Em pé diante da tevê, o meu neto reproduzia os golpes marciais gritando o nome do Greninja e do Torracat.

Pela janela da cozinha, enquanto mexia o doce no fogo, vi o sol deslizar no céu alaranjado e se abrigar atrás do horizonte. E ainda nenhum sinal da Júlia. Decidi respeitar o seu recolhimento. Jantei com o Tomás, que estava exausto da viagem e dos nossos passeios e mal respondia às perguntas que eu fazia sobre a creche, sobre a vida em casa, mesmo sobre os seus adorados Pokémons. Eu o levei para dormir no quarto que tinha sido do seu pai. Tentei mostrar alguns dos brinquedos mais infantis, mas o Rolls Royce de fricção, o pogobol, a corda de pular e os bonecos das Tartarugas Ninjas não podiam, naquele momento, cativar a atenção do meu esgotado netinho. Eu me sentei na poltrona, liguei o abajur e fiquei lendo um romance que tinha puxado a esmo da pequena biblioteca do primeiro andar, para me ocupar enquanto esperava o Tomás dormir. Isso não demorou nada, mas era tão suave e puro fazer companhia silenciosa ao meu neto, velar o seu sono, que me deixei ficar no quarto. Eu estava gostando das primeiras páginas de *Uma pálida visão dos montes* — apesar de o livro começar com a lembrança de uma morte, apesar da atmosfera triste, a coincidência de o autor e as personagens terem nomes japoneses me fez recordar, com graça, o Greninja, o Torracat, o dango, o menino Luca e a sua mãe, que compunham a restrita porém crescente constelação de referências da vida do meu neto. Envolvida pelo lusco-fusco do quarto, acabei cochilando na poltrona.

Despertei num sobressalto, eu não sabia quantos minutos ou horas depois, com o barulho de alguém abrindo armários e remexendo louça lá embaixo, na cozinha. Não podia ser nem a Dona Almerinda nem o Seu Evanildo. Eles moravam numa casa à parte, nos fundos do terreno, e nunca apareciam à noite, uma vez arrumada a mesa depois do jantar e trancada a porta de serviço. Só podia ser a Júlia, de pé em hora imprópria, por certo com fome. Eu estava cansada e não quis descer.

No dia seguinte, acordei cedo e esperei o Tomás e a Júlia para tomarmos café juntos. O meu neto logo desceu, segurando firme os seus queridos Pokémons. Tapeei a sua fome com pães de queijo e um pote de paçoca de colher. Quando a Júlia afinal apareceu, estávamos mais perto da hora do almoço do que da do café.

"Melhor a gente tomar um café bem leve, para podermos almoçar logo e aproveitar a tarde," sugeri.

"Café leve com certeza," bocejou. "Depois da experiência de ontem, aprendi que o melhor é pegar a serra de barriga meio vazia."

"Pegar a serra? Já?"

O Tomás tampouco gostou da ideia. "Não quero viajar agora, mãe. Quero voltar na cachoeira e no fliperama com a vovó!"

"Outra vez, filho. São muitas horas de viagem, e a mamãe precisa arrumar as coisas em casa pra começar a semana amanhã. A mamãe tá sozinha agora, lembra? Não temos ninguém pra ajudar lá no Rio."

O Tomás ficou emburrado. Escondeu os braços sob a mesa e ficou falando consigo mesmo em voz baixa, reclamando por meio de uma conversa imaginária entre o Greninja e o Torracat.

A minha vontade era me queixar da decisão de ir embora tão cedo, questionar que uma viagem feita assim, com tanta pressa, nem justificava o esforço, frisar que a minha mudança para Sebastião de Ararampava não significava o abandono dos dois, recordar que a minha insistência para que viessem passar um tempo no sítio justamente demonstrava a importância que eu dava à convivência com eles. Mas me contive. Embarcar em discussões com a minha nora jogava contra os meus interesses. Eu queria que ela trouxesse o meu neto mais vezes, com frequência. Pensei, aliás, que era bem possível que ela tivesse aceitado o meu convite com o exato objetivo de inventar desentendimentos que legitimassem ausências prolongadas dali por diante.

"A sua mãe tem razão, Tomás. Vocês vão poder voltar muitas outras vezes. Vovó vai estar sempre aqui, e a cachoeira e o fliperama também."

Ficamos em silêncio por um tempo. A Júlia comendo, o Tomás de cabeça baixa, e eu pensando, pensando, pensando. O assunto natural, o assunto óbvio, o assunto incontornável entre a Júlia e mim era o Cláudio, mas esse era o assunto tabu, sobre o qual não podíamos falar sem hostilidades mútuas, fossem francas ou dissimuladas. De modo que procurei outros assuntos nas imediações do assunto proibido. O que mais nos restava, senão chegar tão próximo dele quanto possível, sem o tocar? Mas, enquanto eu descartava uma e outra opção e não me decidia por nada, a Júlia quebrou o silêncio.

"Como anda o Vicente? Não tenho notícias dele desde o funeral."

Sorri comigo mesma. Ela estava agindo sob os mesmos princípios que eu, respeitando os limites do diálogo civilizado, cumprindo o nosso acordo tácito.

Expliquei que o Vicente continuava morando em Fortaleza, que havia sido promovido a gerente e que parecia feliz.

"Feliz em Fortaleza." A Júlia virou os cabelos para o lado oposto, gesto que fazia quando estava desconfortável. "Não sei por quê, mas eu sinto que o Nordeste faz bem aos cariocas. Não é a praia, porque isso temos no Rio, não é o sol, porque isso também temos no Rio. Talvez seja a ideia de recomeçar, de se isolar à beira de outra praia, debaixo de outro sol, longe da teia de obrigações pegajosas do passado." Eu não sabia aonde a Júlia queria chegar com essas divagações repentinas. "Banal, né? Mas algumas banalidades te fazem pensar. Sabe, aqueles momentos da vida que não pareciam importantes na hora em que aconteceram, e realmente não eram, mas adiante se revelam decisivos, momentos que poderiam ter levado a um futuro totalmente diferente, sabe?" Não dei corda, permaneci muda, mas não adiantou. "Banal, né? Mas e daí? Me assombra do mesmo jeito. O Nordeste, as promessas do Nordeste. Fico pensando naquela proposta de emprego em Salvador. Fico pensando se tivéssemos ido embora, nos distanciado de todos que não necessariamente queriam o nosso bem, não cortado os laços pra sempre, claro que não, só nos distanciado mesmo, o benefício da distância. Será que, nesse caso, teria vindo a paz, em vez da doença?"

Por que, de repente, essa Júlia provocadora? A volta a Ararampava, as memórias... Mas não, eu não ia responder, eu não podia responder. Não ia cair na armadilha da discórdia inventada. Eu queria que o meu neto voltasse mais vezes.

"Se tem paz no Nordeste eu não sei, deve ter também, mas sempre que eu falo com a Marcela, ouço sobre uma crise diferente." Contei que a esposa do Vicente estava montando uma exposição num instituto de belas artes perto de Fortaleza. Todos da organização eram muito simpáticos, segundo ela, mas prazos não estavam sendo cumpridos, materiais não estavam sendo entregues dentro das especificações.

"No Rio, não seria diferente."

"Foi o que eu disse a ela," eu falei, embora, na realidade, não tivesse dito nada.

A Júlia virou os cabelos para o lado oposto. "Não entendo quem se interessa por quadros abstratos. Qualquer criança com régua e compasso é capaz de fazer um." A Marcela, com quem a Júlia sempre havia se dado muito bem, tinha momentaneamente se tornado o alvo substituto da raiva que na verdade era direcionada contra mim.

"Bom, aqui na casa eu vejo um quadro dela pendurado na parede."

"Porque foi enxotado antes, lá atrás. Não foi pintado pra gente, foi?"

Não entendi, mas decidi não comentar.

"Mãe, posso ir com a vovó na cachoeira?", o Tomás perguntou, fazendo os seus dois bonecos Pokémons pularem suplicantemente sobre a toalha de mesa.

A Júlia se levantou. "Outro dia, como a vovó disse. Vem subir com a mamãe pra gente arrumar as nossas coisas e pegar a estrada."

Sozinha na sala, me servi mais uma xícara de chá e recordei a proposta de emprego em Salvador, recebida pelo Cláudio muitos anos antes. Pelo que eu podia deduzir, a Júlia imaginava que eu tinha incentivado o meu filho a recusar a proposta. Mais um dos tantos equívocos que eu poderia tentar desfazer, se eu acreditasse na disposição da minha nora de me ouvir, se eu acreditasse na possibilidade de a nossa relação ser emendada.

A Júlia não tardou a descer com o Tomás, dispensando a ajuda do Seu Evanildo para carregar a mala. Ela parecia feliz com a partida iminente. Devia estar pensando que pegar esporadicamente a serra era um preço, no fundo, aceitável, se o benefício era que aquela mesma serra, longa e sinuosa, se interpusesse entre mim e eles. Eu me agachei diante do meu neto e pedi que prometesse voltar ao sítio assim que possível. Ele fez que sim com a cabeça, os seus cachinhos balançando meigamente. Nas mãos, ele carregava duas sacolas, e não mais os seus Pokémons.

Lá fora, a Júlia guardou a bagagem no porta-malas e deu uma última olhada na casa e nos arredores.

"A senhora fez bem em se mudar pra cá," ela disse com um rosto bom, com uma expressão aliviada. "A casa é um encanto, o jardim é lindo, a natureza é deslumbrante. Eu queria ter vindo antes. Eu digo, não desde que a senhora chegou, isso a gente fez rápido até, eu digo *antes*, realmente *antes*." Antes do quê, eu pensei, antes de eu vir morar em Ararampava? "Mas, pra ser sincera, dá pra entender por que a casa estava alugada. Quanto trabalho cuidar de tudo à distância! E fico feliz que a senhora tenha conseguido ajuda," completou, acenando para a Dona Almerinda e para o Seu Evanildo em despedida.

Chocada, eu fiquei sem reação. A Júlia rapidamente pôs o meu neto no carro e, dando tchau pela janela aberta, deixou a garagem, tomou a rua, partiu de Ararampava. O Seu Evanildo fechou o portão, e, quando me virei, a Dona Almerinda já tinha entrado na casa, como se o que a Júlia havia dito não exigisse explicações.

8

Embora a Júlia imaginasse o contrário, eu tinha incentivado, sim, o Cláudio a aceitar a proposta de emprego em Salvador.

Não era comum que ele aparecesse no Cosme Velho no meio da semana, sem avisar, mas naquele dia ele entrou com a própria chave no apartamento, depois do expediente, e me deu um susto com a sua expressão apoquentada. Tampouco era comum que ele tomasse bebida alcoólica, mas foi direto ao bar de canto de sala e preparou um drinque com proporções iguais de gim e de água tônica.

"A Júlia tá entusiasmada com a ideia, mas eu...", ele disse, fazendo um esgar de desgosto, alojado todo troncho na banqueta.

Eu estava tomando conhecimento do convite naquele momento, mas o prazo para que ele desse uma resposta expirava já no dia seguinte. Eu poderia ter ficado chateada por ele não ter comentado nada antes. Outra mãe teria. Entretanto, o normal, entre nós dois, teria sido ele simplesmente me comunicar, a certa altura, como um fato consumado, que estava de mudança nessa ou naquela data, oferta irrecusável, o melhor para a família, assim que possível passaria o novo endereço e o novo telefone, até mais. Ou então, se a decisão fosse no sentido oposto, o normal teria sido ele nem compartilhar que um dia havia recebido uma proposta para assumir uma nova função em Salvador: teria declinado na surdina, sem drama, sem dúvidas, sem consultas, não a mim, possivelmente nem mesmo à própria mulher. Tendo isso em mente, a conversa tardia — tardia mas não vã, pois havia tempo hábil para que eu influenciasse ou colaborasse com a decisão, ainda que eu não me iludisse a respeito disso — podia ser tomada até como um momento de atípica cumplicidade. E eu me senti, na verdade, fosse tolice minha ou não, sensibilizada com o gesto do meu filho.

"Os prós e os contras ficam dando voltas na minha cabeça, e ora eu quero, ora eu não quero ir. O futuro, ou nem bem isso, umas miragens do futuro, porque não passam de miragens, ficam assim," ele rodopiou um dedo esticado no ar, "um carrossel da indecisão."

A proposta tinha sido feita por uma administradora de shopping centers. Alguém da companhia havia recebido uma recomendação do nome do Cláudio para gerir a expansão da rede para o Nordeste, com base em Salvador. O que estava por trás da recomendação, com certeza, era o sucesso que o meu filho vinha tendo supervisionando a abertura de filiais da cadeia de hortifrútis em que trabalhava para além do estado do Rio de Janeiro. Num jantar no restaurante de um hotel na avenida Vieira Souto, o executivo da administradora ofereceu um salário maior, uma casa paga pela empresa a duas quadras da Praia de Ondina, e reembolso de despesas com a escola americana para os filhos que tivesse ou que viesse a ter.

"Isso pra ficar nos atrativos concretos, palpáveis. E ele ia listando os benefícios não numa sequência atropelada. Não, não. Cara experiente. Falar tudo numa sequência acabaria tirando um pouco do impacto isolado de cada um deles. Ele ia detalhando os benefícios com uma ginga de mercador, se aprofundando um pouco no pacote de participação nos lucros, dando um tempo pra provar outra garfada do arroz de mariscos, pra só depois me mostrar no celular algumas fotos da casa que poderia ser minha em Salvador. Tudo controlado, medido." O olhar do Cláudio ficou vazio, mirando as recordações do jantar com o executivo. "E ele nem chegou a mencionar os retornos mais imateriais. Quer dizer, não diretamente. Não precisava. Eu conheço bem a importância do grupo, você conhece, basta citar um, dois shoppings que eles administram, que qualquer cidadão que você pegar na rua sabe o que significaria ser um executivo da empresa. Sair de uma companhia limitada, do setor de hortifrúti ainda por cima, em expansão, tudo bem, mas ainda assim, sair dessa pra uma sociedade anônima que é tida pelos bancos de investimento como uma *blue chip*, pensa só, a gente poderia colocar todos os mercados do hortifrúti dentro de um único shopping deles e ainda sobraria espaço, é outro mundo em termos de ativos... Ele não precisava frisar o óbvio, falar do salto na carreira, do desafio que, superado, me credenciaria pras multinacionais. Não precisava. Foi uma conversa, nesse sentido, sutil, e talvez exatamente por isso tão desestabilizante. Não um aliciamento, mas um convite, de um cavalheiro pra outro."

O Cláudio acrescentou ao copo o restante da água tônica e completou o volume com outra boa dose de gim.

"Mas não sei, mãe. A Júlia quer ir, tem isso, tá animada, acha que vai ser bom pra mim, bom pra gente, mas eu não sei, mãe." Um desconforto baixou sobre o seu rosto. Ele levantou o copo de gim-tônica, não bebeu, voltou a apoiá-lo sobre a bancada. "Se eu penso na distância, no desenraizamento, no abandono do hortifrúti, eu não consigo nem... A gente tem essa tendência a desmerecer compromissos, a se agarrar em justificativas pra quebrar a própria palavra, pra *seguir em frente*. Eu sei que o próprio contrato de trabalho prevê a possibilidade de desligamento, pra ambas as partes, eu sei que as circunstâncias mudam, que as vontades podem não se conciliar mais, por ene motivos. Não é uma questão jurídica, se é irregular ou não, claro que não é. É uma questão mais profunda, mais essencial, de como você transita dentro da teia de deveres e responsabilidades que te ligam a outras pessoas, empresas, valores mesmo. Eu devo muito ao hortifrúti, assumi responsabilidades perante a rede, eles precisam de mim nesse momento, seria um transtorno danado colocar outra pessoa à frente da expansão... Eu poderia largar tudo agora? Claro que sim e claro que não." O meu filho ensaiou tomar um gole do gim-tônica, mas desistiu de novo. "A distância, mãe, a distância é que..." Ele bufou. "Pra ficar num exemplo do que passa pela minha cabeça, como é que eu vou conseguir cuidar do sítio lá de Salvador?"

"O sítio?!"

"É."

"Mas por quê? Vocês têm ido tanto assim a Ararampava?"

"Sempre que possível."

"A Júlia gosta de lá?"

"Muito."

"Ainda assim, você pode vender o sítio, ou alugar, que seja. Passou da hora de a gente se desfazer daquele lugar."

"Não é assim, mãe."

"Por quê? A Júlia pode até gostar, mas não quer ir de qualquer maneira pra Bahia? Por que se prender por causa daquele sítio?"

"Pra começar, o sítio é do papai."

"Ha!, do seu pai... Do seu pai, Cláudio?!"

"Não é?"

"Foi."

"Tá vendo, mãe? É o que eu falei. A questão do compromisso. Ele não se desfez do sítio. Ele partiu, contra a própria vontade. Os herdeiros têm que honrar o desejo interrompido do dono."

Se Ararampava tinha esse significado todo para o Cláudio, me doeu ainda mais que ele nunca tivesse me convidado para subir a serra com eles.

"Você tá dizendo loucuras, meu filho. Tranca esse sítio e faz as malas pra Salvador. O seu futuro tá lá."

Na verdade, no íntimo, talvez eu não quisesse que ele fosse. Não queria ficar longe de mais um filho. Mas a conversa tinha me levado a defender a sua ida. Era isso o que ele tinha ouvido de mim.

"Futuro...", ele resmungou, balançando a cabeça.

"O quê? Só o passado é que presta? Só as vontades do passado? E as vontades do presente? Não deixa o que já passou te imobilizar. Aceita a proposta."

Com dois goles, o Cláudio deu cabo do seu gim-tônica.

"Eu não vou. Está decidido, mãe," anunciou, breve, definitivo, e começou a arrumar o bar.

Tentei argumentar, lembrei que em Salvador ele estaria mais perto do Vicente, cheguei a me oferecer para cuidar do sítio, mas nada. Enquanto guardava a garrafa de gim, lavava o copo, secava a bancada, o Cláudio me ignorou.

Antes de sair, ele ainda passou um tempo sentado na poltrona que tinha sido do Antero e que agora estava alojada no seu quarto. Entendi o gesto como uma provocação velada, como uma forma de sugerir que, se o pai ainda estivesse conosco, a conversa teria sido diferente e melhor, como uma forma de sugerir que ele estava com o pai e não comigo. Bastava olhar para o Cláudio estirado na poltrona para saber que não fazia sentido que eu continuasse falando. O seu rosto parecia plácido e circunspecto, como se ele estivesse resignado que emoções contraditórias convivessem dentro dele — de um lado, o alívio por ter tomado uma decisão, de outro, preocupações decorrentes dela, talvez a perspectiva de tratar do assunto com a Júlia. Deixei que ele prosseguisse sozinho com a sua provocação, deixei que ele remoesse sozinho os seus pensamentos. Fui cuidar das minhas coisas e não vi quando ele saiu.

Ele continuou na rede de hortifrútis, e nunca mais falamos sobre a proposta de emprego em Salvador.

9

Fui atrás da Dona Almerinda imediatamente. Quando entrei na cozinha, ainda dava para ouvir o motor do carro da Júlia avançando pela rua. Eu me sentei à mesa e fiquei batendo com a ponta de uma faca no pote de vidro onde guardávamos os biscoitos de nata. A caseira fingiu que estava distraída com qualquer coisa na bancada. O Seu Evanildo veio em seguida para a cozinha, cortou um pedaço de goiabada na despensa e apoiou o corpo na parede que dava para o quintal dos fundos, mascando o doce.

"Dona Almerinda... Dona Almerinda!" Ela demorou a se virar. Abri as mãos, pedindo um esclarecimento, mas ela só meneou a cabeça e tornou a se concentrar nos afazeres sobre a pia. "Dona Almerinda, senta aqui, fazendo o favor." Ela secou longamente as mãos no pano de prato e tomou uma cadeira. "Dona Almerinda, é impressão minha ou a Júlia não conhecia você e o Seu Evanildo?" Ela dobrava e desdobrava o pano, olhando para baixo. "Difícil acreditar que tenha sido esquecimento da madame Júlia, mas, considerando o estado em que eu encontrei a casa, tudo é possível." A caseira se benzeu, mas nada de responder. "Dona Almerinda, vocês conheciam a Júlia?", perguntei, me aproximando dela. Mas quem respondeu foi o Seu Evanildo, mordiscando a sua goiabada: "Conhecia não senhora."

A caseira saiu da mesa e foi se refugiar na louça. Eu a segui.

"O Cláudio vinha ou não vinha aqui durante esses anos todos?"

"Vinha sim senhora", ela enfim falou.

"Mas não vinha com a Júlia e com o Tomás, é isso?"

"Não senhora."

"Nunca?"

"Nunca que eu tenha visto, não senhora."

"E o que ele vinha fazer aqui, então?"

A Dona Almerinda emudeceu novamente. Insisti.

"Não era da minha conta bizoiar o que o patrão tava fazendo, Dona Francine, a senhora tem que entender."

"O meu filho morreu, Almerinda, eu sou a mãe e tenho o direito de saber."

Ela fechou a torneira, secou as mãos novamente, levou o pano de prato ao rosto.

"A senhora tem razão", resmungou o Seu Evanildo, ainda colado à parede. "Olha, Dona Francine, ele ficava a maior parte do tempo sozinho, lia o jornal, mexia com uns papéis, assistia à tevê, falava no telefone, preparava algum copinho pra tomar, nada que nenhum outro homem não pudesse fazer."

O Seu Evanildo pigarreou.

"A maior parte do tempo sozinho, Almerinda?", eu questionei. "E com quem ele passava o tempo quando não estava sozinho?"

Ela reabriu a torneira, voltou a lavar a louça.

"Dona Francine tá com a razão, Meri. Não temos nada que esconder as coisas dela, que é a nossa patroa. Pois eu lhe digo, Dona Francine. O Seu Cláudio se encontrava com a menina Isabela aqui."

"A vizinha?"

O Seu Evanildo abriu a porta dos fundos e saiu para o quintal.

"Não é como a senhora tá pensando, Dona Francine. Não tinha nenhum pecado. Era como uma amizade, entende? Ou nem bem uma amizade."

Eu dei um grito sarcástico. "Quer dizer que ele vem sem a mulher, durante anos, e fica de encontrinhos com a vizinha, e não é nem uma amizade, Dona Almerinda? Me poupe."

O Seu Evanildo abriu a porta dos fundos e falou do lado de fora mesmo. "Difícil explicar, Dona Francine, mas era como se ele tivesse sempre algo pra resolver com ela, com a menina Isabela, compreende? Se por um acaso conseguia ver a menina Isabela cedo, ele nem se demorava no sítio, descia logo a serra, no mesmo dia."

"Ah, era só pra matar a saudade, então, e levantar o mínimo de suspeita possível?"

O Seu Evanildo fechou a porta de novo, a Dona Almerinda seguiu lavando os pratos. Ainda repeti a minha pergunta algumas vezes, mas acabei desistindo. Eles não iam me dizer mais nada. Talvez não conhecessem nada a fundo. O fato, eu recordei, era que a Isabela tinha tentado falar comigo e não havia dado certo, fosse por covardia dela, por intransigência minha, ou por uma combinação das duas coisas. O que ela queria falar? Agora quem queria falar com ela era eu.

10

Eu me demorava na varanda, numa tocaia paciente. Eu me sentava na sala à beira da janela e folheava *Uma pálida visão dos montes*, mas a minha atenção ficava presa lá fora. Eu não queria deixar passar a primeira oportunidade que a Isabela aparecesse diante do portão.

Aconteceu no segundo dia. No primeiro, o seu marido foi cuidar do meu jardim, conforme a escala programada, e eu já imaginava que ela não daria as caras. Ela continuava evitando os dias de lida do Luciano, o que nunca me pareceu tão suspeito e errado quanto naqueles momentos de espera e especulação.

Na manhã seguinte, ela surgiu em frente ao portão da garagem e se pôs a observar o quintal, como se inspecionasse a qualidade do trabalho feito na véspera pelo marido. Eu estava na sala, com o romance no colo, e ela não podia me ver. Esperei um pouco. Não queria assustar a moça com nenhum gesto abrupto. Depois, pedi à Dona

Almerinda que abrisse o portão e acompanhei, da sombra da sala de estar, a reação da Isabela.

A vizinha se sobressaltou e deu dois passos esquivos no sentido da sua casa. Mas algo a levou a se deter antes do muro, e ela voltou para espreitar o meu quintal. Eu já estava de joelhos sobre o sofá, debruçada pelo vão da janela, e a chamei com um aceno. Ela hesitou, deu mais um passo para longe, mas afinal se decidiu a atender ao meu convite, a entrar no quintal. Ela avançou com surpreendente rapidez, com uma estranha resolução, como se permitir um traço de dúvida nos seus passos pudesse ser o suficiente para a fazer desistir. O andar de uma doidinha arisca, pensei, enquanto saía da sala para a encontrar na varanda.

Apontei uma cadeira, convidando a vizinha a ficar à vontade. Ela olhou para a cadeira, mas não se mexeu. Talvez quisesse esperar que eu me sentasse primeiro. Mas não me sentei. Disse que ia buscar um chá e uns biscoitos e já voltava. Ela inclinou o pescoço, como se eu tivesse feito uma declaração assombrosa. As coisas não começavam bem.

Quando voltei com a bandeja, ela ainda estava em pé e olhava para a rua como se tomada de arrependimento. Então me sentei, e ela afinal também. Ofereci um chá, mas, com um meneio rude, ela rejeitou a xícara. Abri o pote dos biscoitos de nata da Dona Almerinda, mas ela não apenas não quis pegar um, como escondeu as duas mãos no colo. Parecia ofendida ou enojada.

Parada diante dela, briguei comigo mesma por não ter traçado um plano para a conversa. Eu não tinha um comentário quebra-gelo de prontidão, não tinha amenidades na manga, não sabia como formularia os meus questionamentos, não sabia se eu conseguiria criar as condições para que esse momento chegasse. Desperdicei os meus dias de espera revirando teorias sobre o que poderia estar passando na cabeça do Cláudio naqueles anos de segredos. E eu estava à deriva. Então, sem norte e sem jeito, perguntei como estavam os seus pais, há quanto tempo ela estava casada, se pensavam em se mudar, se ela já tinha trabalhado ou planejava trabalhar. As suas respostas eram curtas, às vezes se restringiam a um sim ou não, às vezes nem isso, eram um balançar de cabeça, e isso ia me enervando. Era a mesma menina que me olhava torto quando estava brincando com os meninos no sítio e eu aparecia para oferecer um copo d'água. Era a mesma menina que saía do sítio sem se despedir dos adultos, quando o Antero ou eu a avisávamos de que a mãe a chamava do portão. O tempo não tinha mudado nada. Desconfiada, retraída, furtiva, bruta.

"O meu neto veio passar o último fim de semana comigo. Não sei se você viu a gente passeando por aí. Acho que não, né?" Eu falei porque cabia a mim falar qualquer coisa. "Sabe, o Tomás aqui, brincando na cachoeira, comprando bala na vendinha do Seu Tião, jogando fliperama, me fez lembrar do tempo em que os meninos, e você também, eram pequenos. Pena não ter mais nenhuma criança aqui na rua. Anima, né? Dá vida. Mas os donos das casas envelheceram, os filhos deles envelheceram, ninguém mais parece ter o hábito de subir a serra, muito menos trazendo os netos, e só ficam mesmo as casas fechadas dentro dessa mata abandonada." A Isabela não ia fazer nenhum comentário, eu sabia. Se ela não gostava de responder nem a perguntas objetivas, que diria trocar impressões reflexivas. Ela me ouvia sem sequer me olhar. Que enervante! "E você, Isabela, quer dizer, você e o Luciano não pretendem ter filhos?"

Ela entrelaçou os dedos e olhou para a rua, sorrindo. O que queria dizer esse sorriso? O que queria dizer essa obliquidade? Diante de uma pergunta simples... Os modos rústicos já beiravam a insolência. Eu não podia mais tolerar aquilo, eu não podia mais tolerar aquele arremedo furado de conversa de salão, eu não podia mais tolerar a minha própria hesitação diante de alguém que não estava interessado ou não era capaz de manter o mínimo protocolo social. Dentro da minha casa! Com gente assim, só sendo direta. Polidez que nada.

"Escuta aqui, moça, não quer ter uma conversa civilizada, tudo bem, tem alguma coisa contra mim, tudo bem, tem má vontade pra responder qualquer pergunta boba, tudo bem, mas uma pergunta você vai ter que responder, porque diz respeito ao meu filho, diz respeito a mim, à nossa família." Agora ela me fitava com os seus olhos compridos, dois talhos felinos no rosto intenso. "Eu fiquei sabendo que o Cláudio visitou esse sítio sozinho, durante anos, e, pelo que me contam, só sossegava depois que se encontrava com você. Eu quero ouvir da sua boca, porque você é adulta e tem que responder pelas suas atitudes: o que que você tinha com o meu filho?"

Novamente o sorriso, novamente o olhar desviado para a rua. "Nada," ela disse, engolindo as duas sílabas.

Ignorei a dissimulação. "Me diz, menina, o que você vinha fazer aqui, com o seu marido a duas casas de distância? Com que coragem?"

Ela voltou a me fitar. Uma veia pulsava na sua testa alta, sob a pele clara. "Eu vinha aqui, sim, mas só pra pedir pra ele que parasse, pra implorar que ele cuidasse só da vida dele, da família dele." Ela escondeu o rosto atrás das mãos.

A Isabela estava insinuando que o Cláudio rastejava atrás dela, que não aceitava ouvir negativas, que era um cafajeste, e ela, pura e moral. Nenhuma mãe aceitaria que a memória do filho morto fosse escarnecida, na própria casa, por uma moça caipira e xucra, leviana e atrevida. Levantei da cadeira.

"Mas que petulância! Que abuso! Convido você pra tomar um chá e você vem acusar o meu filho de mau-caráter? Ao mesmo tempo em que se faz de beata? Tudo culpa e perseguição da parte dele, e você a freira matutinha? O cachorrão da cidade grande acossando a cabloquinha do convento? *Eu pedia, eu implorava, ele não desistia...* Não vem com essa, não!"

Ela se levantou e, com os mesmos passos rápidos com que tinha atravessado o quintal na chegada, cruzou-o no sentido inverso até o portão.

"Ah, agora foge, né?", eu prossegui. "Uma moça que não tem coragem de olhar pra gente. Que não tem coragem de trocar umas palavras normais. Se não quer conversar, por que fica zanzando a toda hora na frente da minha casa? Por que essa butuca que não acaba mais diante do meu portão? À espera do quê? À espreita do quê? Deixa essa casa em paz. Deixa a memória do meu filho em paz!"

Enquanto eu berrava da varanda, a Isabela tocava incessantemente o botão do interfone, pedindo que alguém abrisse o portão. Afinal, lá da cozinha, um dos caseiros atendeu ao seu chamado, e ela saiu às pressas pela rua, sem olhar para trás.

11

Será que o Cláudio via a Júlia como uma substituta da Isabela, como uma imitação inferior da sua paixão verdadeira? As duas até se pareciam fisicamente. Os cabelos lisos de um castanho muito escuro. O nariz discretamente arrebitado, que dava às duas um involuntário ar de desafio. Os olhos estreitos, compridos, cujo aspecto felino era atenuado pelos cílios longos e delicados. A testa um tantinho alta, o queixo um tantinho quadrado, que lhes emprestavam uma feição estrangeira, de algum povo do hemisfério norte. A estatura elevada, a forma esguia, os ombros ligeiramente largos demais que eram uma pena num conjunto de resto tão gracioso. As duas eram bonitas, de uma beleza inusual, e eu não duvidava de que a Isabela, com quem eu não tinha convivido direito, produzisse ao seu redor o mesmo efeito que a Júlia produzia — um efeito de *organização*, eu poderia dizer, como se o ambiente ganhasse apuro e frescor por força da sua presença.

Mas as duas não eram idênticas. Na minha mente, vinham algumas diferenças. A postura da Isabela tinha perdido o prumo e a intrepidez sutil da juventude e, agora, quando ela parava em frente ao meu portão ou caminhava pelas ruas do vilarejo, as suas costas se encurvavam, dando uma ideia de prostração ou de desleixo. Por outro lado, o rosto da Júlia parecia trazer mais pronunciadas as marcas do sofrimento, da frustração. Isabela era arisca e oblíqua, e aí residia, talvez, a maior diferença entre as duas. A Isabela era um produto do interior, de terras cobertas de mata ao sopé de uma montanha. A Júlia sabia se portar, jogava o jogo longo dos relacionamentos civilizados, construía alianças e implicâncias com indiretas e com gestos tão ardilosos quanto superficialmente inofensivos. Uma era só claro e escuro, no mais das vezes escuro. A outra, mais treinada, era uma chama bruxuleante que não se podia ao certo precisar.

O Cláudio havia buscado uma na outra e, insatisfeito com o resultado, tinha retornado à origem com a intenção de conquistar, recuperar ou se encontrar com a primeira. Seria isso? Teria o meu filho estado desde sempre apaixonado pela Isabela? A Júlia poderia ser compreendida como uma tentativa de esquecer a moça de Ararampava? Seriam as viagens clandestinas do Cláudio ao sítio uma forma — desleal, totalmente desleal — de emendar ou contornar uma tentativa fracassada? Parecia o óbvio, mas eu não acreditava nisso. O meu filho era, em primeiro lugar, um homem reto, sério, de princípios. Uma vida dupla não combinava com ele, e não seria uma descoberta ou outra que ia me fazer desviar daquela convicção.

De qualquer forma, talvez tudo isso explicasse por que o Cláudio nunca tinha parecido arrebatado pela Júlia, de fato. Nem no início do namoro, quando ela, sim, estava radiante, ele passava uma impressão de encantamento. Encantamento... ele não parecia sequer demonstrar carinho por ela. À época, eu presumi que a forma como os dois tinham se conhecido poderia estar por trás daquela reserva.

Foi uma forma não muito romântica, potencialmente inadequada, para uma história de amor começar. O hortifrúti onde o meu filho trabalhava queria desenvolver uma nova marca, que combinasse melhor com o momento de expansão da rede, algo que simbolizasse a transição de um negócio com alcance estadual para uma companhia com ambições nacionais. O Cláudio, que geria o dia a dia da expansão, era o nome natural para se encarregar do desenvolvimento da nova marca, e assim foi decidido. O hortifrúti contratou uma empresa de design no próprio Rio de Janeiro para elaborar o projeto gráfico. Nessa empresa, trabalhava, como assistente de criação, a Júlia, que foi designada para atuar como ponto de contato com o hortifrúti. Os dois trocaram telefonemas, se encontraram para discutir requisitos e croquis, alguém fez um primeiro convite para um drinque depois do expediente, e um relacionamento para além das formalidades comerciais se iniciou.

O jeito circunspecto com que o Cláudio me apresentou a Júlia logo no primeiro jantar no Cosme Velho não me passou despercebido. Cogitei que ele estivesse inseguro a respeito da relação, que unia, afinal, uma contratada a um contratante. Talvez temesse que o hortifrúti, ou a empresa de design, ou ambos, enxergassem no caso uma irregularidade, administrativa ou moral, e tomassem alguma medida correspondente. Excesso de zelo ou não, era possível que receios de punição estivessem bloqueando o encantamento que o Cláudio sentia, em segredo, pela moça. Quando o namoro ficou mais firme, ela de fato deixou a empresa para trabalhar em outro escritório, o que num primeiro momento me levou a acreditar que as minhas suspeitas estavam confirmadas. Só que nem por isso a empolgação dele com o relacionamento cresceu. Não era nenhum receio. O motivo era outro e bem conhecido, talvez mais grave, eu pensei então.

O meu filho ainda morava comigo nessa época e levava a Júlia para passar um fim de semana ou outro no Cosme Velho. Como ela era animada! Vivia chamando o Cláudio para comer fora, para ir ao teatro, para dar um mergulho na praia, para visitar feiras de artesanato, para simplesmente respirar um ar. E ele sempre relutante, cansado, turrão. O meu filho parecia décadas mais velho, embora não contasse nem cinco anos a mais do que a namorada. Observando essa dinâmica desencontrada, eu imaginava que a moça viria a acreditar, se já não acreditava, que o Cláudio não estava tão envolvido na relação quanto ela, que não gostava dela na mesma medida, que a encarava talvez como uma mera companhia. Eu tive vontade de aproveitar algum momento a sós com ela para a inteirar da realidade — do que então eu tomava como a única realidade. Seria uma forma de ser solidária com a Júlia e de proteger o meu filho. Eu queria alertá-la de que o Cláudio não era assim só com ela. Esse era o jeito dele de ser, com todas as pessoas, com o trabalho, diante de qualquer coisa que estivesse acontecendo na sua vida.

Quantas vezes o Antero e eu não tínhamos conversado, entre nós, sobre esse jeito do Cláudio. Eu via o seu desinteresse, a sua aparente fadiga existencial, o seu desdém ao envolvimento, como motivo de preocupação. Curiosamente, o pai, que era a referência mais funcional da família, não se apoquentava com aquilo. Para ele, o mais importante não era o engajamento emocional visível de uma pessoa com o mundo, mas, sim, o que ele chamava de "cumprimento das expectativas sociais". A lógica dele era que a administração das obrigações, a condução bem-sucedida dos deveres acadêmicos e de trabalho, o equilíbrio nas relações com familiares e conhecidos, em suma, manter uma perspectiva de longo prazo para a vida era um sinal mais significativo do que qualquer outro da saúde emocional de uma pessoa. Portanto, na visão do Antero, o fato de o Cláudio estar sustentando, mal ou bem, um namoro, já seria um indício de normalidade.

Talvez eu estivesse apenas inventando uma desculpa para não falar nada, mas, recordando as minhas conversas com o Antero, imaginando as respostas que ele daria às minhas dúvidas, eu decidi não alertar a Júlia de nada, me forcei a respeitar o jeito de ser do meu filho. Alertando a moça, eu a induziria a ver o Cláudio de certa maneira, e quem disse que as minhas opiniões sobre ele eram as mais verdadeiras e exatas? Ora, o Antero mesmo não concordava comigo... A Júlia podia muito bem estar interpretando o que se passava de outra forma. Resolvi me limitar a acompanhar os desdobramentos da relação entre os dois — se é que ela ia mesmo durar, eu pensei.

Durar, durou. No entanto, com o tempo, especialmente depois do nascimento do Tomás, a letargia do Cláudio foi se transformando em algo menos inofensivo. Menos autocentrado, mais abrasivo. O desinteresse em fazer passeios, a impaciência para sustentar conversas mais longas, que se manifestavam em circunstâncias pontuais, foram se destilando num mau humor generalizado, constante, invocado.

Por outro lado, a maternidade tinha devolvido à Júlia um tanto do entusiasmo e da graça corroídos pelos anos de relacionamento. No primeiro aniversário do filho, ela queria alugar um salão de festas, encomendar um bolo da melhor confeiteira, preparar brindes personalizados com design criado por ela mesma, contratar um fotógrafo, chamar toda a família, os amigos, os colegas de trabalho do marido, os conhecidos do parquinho, fazer algo bonito, marcante. O Cláudio se opôs. Disse que a festa seria cafona, um exercício de vaidade e esbanjamento. Defendeu, em vez disso, uma celebração mais modesta, autêntica, no apartamento deles, para um grupo menor e mais querido, com bolo e salgadinhos feitos em casa, fotografias batidas pelos próprios convidados, e brindes sem afetação. A Júlia cedeu, em parte. A festa acabou de fato sendo realizada no apartamento em Santa Teresa, mas a dona da casa, no controle da lista de convites, chamou muita, muita gente. Pelos cômodos abarrotados, com um aspecto ora contrafeito, ora apavorado, o Cláudio protagonizou um festival de impertinências. Ele serpenteava entre as rodinhas de conversa, como numa missão para recriminar a Júlia por qualquer motivo bobo. E se ela não estava à vista ou não aparecia logo, ele reclamava de um jeito exagerado, não dirigido a ninguém específico, mas audível às pessoas ao redor. Depois, encolhia os ombros, ia procurar o próximo problema. Era feio de assistir.

Mas logo a Júlia surgia para atender aos chamados do meu filho. Com a sua voz suave, com uma fina sensibilidade para acomodar os caprichos, ela desarmava a situação. E eu pensava: se ela lida tão bem com as rabugices do Cláudio, quem sou eu para achar que algo está fora do normal? Pensando dessa forma, minimizei, na festa e em outras ocasiões, as implicâncias do Cláudio com a mulher.

Depois de a Isabela sair do sítio às pressas e ofendida, fiquei sozinha na varanda com o meu espanto. Diante das duas xícaras de chá frio, vendo formigas subirem o pote intocado de biscoitos de nata, relembrei as velhas implicâncias do meu filho. O que antes me parecia refletir a sua personalidade, ganhou um significado escuso, odioso. O Cláudio podia estar punindo a Júlia por não ser a pessoa que ele gostaria que ela fosse, por se assemelhar à outra sem chegar a ser uma substituta perfeita. Podia estar descontando na mulher a sua revolta por não poder ter a Isabela, aparentemente nem como amante. A raiva, o mau humor, as implicâncias, não como um desdobramento da natureza sempre insatisfeita do Cláudio, mas como o efeito detestável de um sentimento imenso e frustrado.

Enquanto a noite caía, eu maldisse a memória do viúvo que havia legado a sua casa aos pais da Isabela. Não era gente para morar naquele pedaço de Ararampava. Eu maldisse as maneiras coquetes com que aquela vizinha caipira seduzira os meus dois meninos na juventude. Eu maldisse o acaso. Eu maldisse a ousadia com que ela insinuou, no meu próprio sítio, que o Cláudio tinha rastejado atrás dela por anos e anos, apesar dos seus rechaços. Não era algo que se falasse para uma mãe, muito menos para a mãe de um filho que partiu de maneira tão precoce.

Eu maldisse, maldisse, maldisse, e, ao mesmo tempo, como eu sofri, sem compreender como coisas assim podiam ter acontecido.

12

Dias depois, ouvimos da cozinha um zum-zum-zum que vinha da casa ao lado. O Seu Evanildo foi conferir do que se tratava e voltou dizendo que os vizinhos tinham aparecido. Eram a Denise e o Hélio Lucena. Eu me perguntei se eles sabiam que eu tinha me mudado de vez para Sebastião de Ararampava. Provavelmente, não. Sendo assim, cabia a mim bater à porta deles, dar as boas-vindas, contar as novidades. Prometi a mim mesma que faria isso tão logo os dois houvessem tido um tempo mínimo para descansar da viagem, para se reambientar na serra.

Mas horas correram, dias correram, e eu não fui procurá-los. Eu não sabia bem o que falar, nem como seria recebida. Embora mais de uma década houvesse passado, a memória que ficou da nossa relação de vizinhança era de qualquer jeito intrincada, devido à algazarra que os meninos aprontavam no sítio na juventude, indiferentes a muros e à boa convivência. Adiei, adiei a visita e, afinal, decidi que um encontro fortuito, na nossa rua ou pelo vilarejo, seria a forma mais adequada para uma primeira aproximação. Só que o encontro fortuito não acontecia.

Até que, numa manhã de sábado, eu caminhava pelo jardim de casa, colhendo algumas ora-pro-nóbis para um arranjo, quando o barulho de uma serra estilhaçou a tranquilidade do ar fresco e iluminado. No fundo do quintal, onde a mureta que separava os dois terrenos era mais baixa, espiei o outro lado. Era mesmo o Hélio, que cortava uma placa de madeira sobre uma bancada improvisada. A alguns passos dele, sob os arcos da varanda externa, a Denise estava sentada sobre um tapete de yoga, os olhos fechados, as pernas cruzadas, as mãos sobre os joelhos, meditando ou, pelo visto, tentando meditar. Parte do tapete de yoga estava polvilhado de pó de madeira, que se levantava em uma nuvem fina entre o casal. No passado, eu já não entendia como a Denise podia meditar naquelas condições. Entendia menos ainda agora. Fora o pó, era um barulho agoniante. O marido usava um protetor de orelhas, grande e amarelo. Ela, nada. Apoiei os meus ramos de ora-pro-nóbis na grama e tapei os ouvidos. Não sei o que mais eu queria ver do outro lado do muro, mas a cena tinha qualquer coisa de hipnotizante. Eu estava admirada que os dois se sentissem no direito de implicar com os nossos meninos nos velhos tempos, sendo que o Hélio vivia talhando e retalhando o silêncio de toda a rua com a sua marcenaria amadora. Por que aceitávamos as reclamações com tanta passividade? Por que nós também não reclamávamos?

Eu balancei a cabeça, colocando a culpa no Antero, e o meu movimento chamou a atenção do Hélio. Ele acenou para mim com a sua mão coberta por uma enorme luva de borracha, ergueu a viseira transparente e caminhou até o muro. A Denise logo abriu os olhos, como se houvesse estranhado a falta do barulho da serra, como se o barulho fosse o incoerente leito de que a sua meditação precisava para fluir. Ela se levantou e também veio até mim. Os dois colaram no muro, os seus olhares me medindo de cima a baixo como se verificassem a extensão do meu envelhecimento, o grau da minha decadência.

"Francine! Como você vê," o Hélio disse, "continuamos cada um com a sua própria terapia. A própria terapia, a mesma união."

A Denise espanou com a mão a sua coxa. Para tirar o pó que tinha se prendido à calça lycra ou para me mostrar a sua boa forma?

"Que bom pra vocês," eu consegui arrancar de mim mesma.

"Espero que eu não esteja te incomodando com o barulho", o Hélio teve a coragem de dizer, como se o passado não existisse, e soltou uma gargalhada alta e borbulhosa.

Peguei sobre a grama o meu molho de flores de ora-pro-nóbis. Não valia a pena mesmo conversar com aqueles dois. As minhas reticências estavam justificadas.

"Ah, que ramalhete bonito. O jardim todo, aliás, tá estupendo. Eu e a Denise estávamos comentando esses dias. Sabe, é bom ver que você também embarcou nos interesses pessoais. Cuidar do jardim, um dos melhores..."

"Interesses não. Hobbies," a Denise cortou, virando os olhos.

"Palavra horrível. Não por ser importada. Porque passa a ideia de que somos todos umas crianças colando figurinhas no álbum da Copa. É mais do que isso." Contradisse o marido.

"É mesmo?", a Denise perguntou, implicando com o marido. Esses joguinhos de casal estável e feliz me pareciam tão ridículos.

"A Francine vai ter que concordar comigo. Não é gratificante se dedicar a uma atividade que chega a um resultado concreto? Que produz um fim útil? Os interesses pessoais, e quando eu falo em interesses pessoais, precisa ser algo não remunerado, fora do mundo de trabalho, bom, os interesses pessoais não são só um passatempo. Eles desenvolvem a personalidade e, por aí, melhoram um pouco o mundo. Fica esse povo todo falando de significado, tentando pacificar a mente pra encontrar algum significado," ainda vestindo as luvas de borracha, o Hélio juntou os polegares e os indicadores, fazendo pose de meditação, "quando o significado tá bem na nossa frente, pra cada um pegar o seu. Forçando bem a barra, até a meditação, por que não?"

"Olha quanto crédito ele me dá, Francine." A Denise sorriu com deboche e deu um soco de mentirinha no braço do marido. Eu só queria me livrar dos dois.

"Aqui em casa, quem cuida do...", mas o Hélio não me deixou completar.

"E o curioso, Francine, é que ficam falando tanto em atenção, concentração, que isso é que leva alguém a alcançar os estados superiores, o famoso *flow*, mas eu sei por experiência própria que necas. Ne-cas. Atenção, por si só, não cria nada, não leva a nada. Eu fui pago todo mês, por décadas, pra me manter concentrado, pra nunca cometer um deslize de desatenção, porque qualquer cochilo mental meu poderia significar um desastre, mortes, fogo, destruição. Percebe, Francine? Atenção pra evitar uma tragédia. O objetivo é evitar, não é construir. Anos sem fim, desse jeito. Claro, não cheguei a nenhum lugar superior. Pelo contrário, ajudei milhares de pessoas a descer lá das nuvens e ficar no nosso plano terreno. Isso, sim. E se eu suportei essa carga, esse tédio, se eu tô aqui, forte e aposentado, é porque a minha Makita sempre esteve do meu lado."

A Denise virou os olhos de novo, e o Hélio baixou o visor de proteção. Eu tentava me lembrar da profissão do Hélio, mas nada me vinha à mente.

"Evitar desastres?"

"Controlador de voo," a Denise respondeu pelo marido. Ele balançou a cabeça, olhando o próprio pé, como se coberto de desolação.

"Você esqueceu, Francine... Mas sabe quem não teria esquecido? O Vicente. Tá aqui na cachola, ó, eu consigo ver aquele menininho de cabelo alourado, corte cumbuca, pedindo pra entrar aqui em casa pra olhar a minha coleção de réplicas. Naquela época, eu guardava os aviões na estante, um do lado do outro, brilhantes, lindos. Agora, estão todos amontoados dentro de uma caixa no porão, junto com as minhas memórias." O Hélio fez um gesto com as mãos como se tirasse algo de dentro da cabeça, empacotasse e descartasse como lixo. "Na estante, entre os aviõezinhos, eu tinha duas ou três miniaturas de balões. Durante muito tempo, o balonismo foi uma válvula de escape," a Denise virou os olhos, só que o Hélio não percebeu — ele não estava falando gracinhas dessa vez. "Eram uns balões bem coloridos, sabe?, um laranja, outro verde-limão, coisa assim, e o Vicente ficava olhando admirado, às vezes pegava um, dava piruetas no ar, alisava o bicho como se fosse sair um gênio ali de dentro. Dava vontade de levar o menino pra um passeio de verdade, no ar quente. Mas, nessa época, eu já tinha parado de voar. Fraturei o joelho num pouso, rompi ligamentos, um terror. Fiquei meses na fisioterapia, até hoje eu manco um pouco..."

"Manca, Hélio?" Denise perguntou sorrindo, como se o marido tivesse falado um absurdo.

"Eu sinto aqui dentro, ué, um estalo, um ruído de peça fora do lugar, o que que eu vou fazer? Depois do acidente, resolvi parar pra nunca mais voltar. Descobri do pior jeito que o balonismo não era um interesse só de construção. Mas, de vez em quando, pode acreditar, Francine, os seus filhos moram aqui também," ele apontou a própria cuca, "eu me pego pensando: eu deveria ter levado o Vicente para dar uma volta. Ele ia adorar. Qual era o risco? Balão é a coisa mais segura do mundo. Mais segura do que avião. Parece meio aterrorizante, mas é só não deixar nenhum suicida entrar na cesta. Nenhum perigo. O meu pouso violento foi um azar, não ia se repetir. Aqui perto, em Itaipava mesmo, tinha um centro de balonismo. Dava pra fazer, não fiz, ficou o arrependimento." O Hélio tirou a viseira de proteção. Uma faixa de pele amassada marcava a sua testa onde a fita de borracha do equipamento estava presa. Isso dava um aspecto ainda mais castigado ao seu rosto. "É sempre assim. Quando estamos perto das pessoas, só queremos paz e sossego, ou seja, distância. Quando estamos distantes, só queremos proximidade."

"A vida me fez uma especialista nisso," eu deixei escapar.

Os dois se entreolharam. Eu não devia ter falado nada.

"Entra aqui, Francine, vem tomar um café com a gente. Anda, vem!", a Denise disse, não como um convite, mas como um comunicado, ou quase uma ordem.

Ao entrar na casa deles, a conversa prosseguiu em rumos mansos. Eles falaram sobre a vida de aposentados no Rio de Janeiro, contaram as viagens que vinham fazendo pelo país, abriram-se sobre os seus familiares, e afinal me perguntaram sobre o Vicente ao nos servirmos do café.

Várias e várias perguntas. "Ele pretende ficar em Fortaleza de vez?" "O que ele mais gosta de fazer lá?" "Lembra do nome de algum restaurante favorito do Vicente? Não conhecemos Fortaleza e estamos pensando em visitar no ano que vem." "Ele continua fanático pelo Flamengo ou já adotou um time local, só pra poder ir pro estádio com os filhos e ensinar a gostar do esporte, a torcer?"

Eu não sabia realmente o que responder. Quando me telefonava, o Vicente compartilhava tantos detalhes sobre o que estava acontecendo na vida da família, descrevia tantas nuances dos seus projetos e desejos sempre cambiantes, que era difícil recuperar, sob a pressão de uma pergunta feita com os cotovelos sobre a mesa, a informação precisa que demandavam de mim. A conversa empacou. Eu sabia que estava passando a impressão de que não queria dividir nada sobre o meu filho com os dois. O Hélio deve ter se questionado sobre o motivo, e acabou encontrando o motivo errado.

"Sabe, Francine, a Denise e eu passamos a admirar muito o Cláudio." Compreendi no ato. Ele imaginava que eu não me sentia bem falando sobre o presente do meu primogênito, porque o meu caçula tinha perdido o seu presente e o seu futuro. Talvez ele imaginasse que conversar sobre o Vicente representaria, para mim, de algum modo, uma normalização da minha dor, um desrespeito à memória do Cláudio. Eu entendia essa lógica. Eu tinha conhecido pais de mesma sina que não suportavam a ideia de se envolver em conversas do tipo, pais que prefeririam até omitir, se possível, que tinham filhos, a ter de explicar que um deles havia morrido precocemente. Talvez o Hélio pensasse que, incluindo o nome do Cláudio na conversa, eu me sentiria mais à vontade para falar. Mas, na verdade, eu me sentia meio desorientada.

"O mais provável era que a gente não tivesse ficado sabendo de nada," o Hélio prosseguiu. "Por preguiça, por desânimo, a gente passou um bom tempo sem subir a serra. Cogitamos vender, inclusive, mas aí a gente pensou: talvez os nossos sobrinhos, algum dia, se interessem em aproveitar o sítio. Vamos manter. Ninguém nunca se interessou, mas... eis a gente aqui." O Hélio deu um sorriso triste. "Tudo isso, Francine, pra dizer que, se a gente pôde testemunhar o que o Cláudio fez, foi só por um acaso. Por um infeliz acaso." Ele abraçou a Denise, que baixou os olhos. "Uns anos atrás, a Denise pegou uma pneumonia braba. Com o estresse, a umidade, o caos do Rio, a melhora seguia lenta, lenta. O médico recomendou a clássica temporada num lugar fresco, puro, tranquilo, e cá viemos pra nossa montanha mágica. Mas, assim que chegamos, vimos que a montanha não tinha nada de mágico naquele momento. Estava uma zoeira danada de obra aqui na nossa rua. Um troço impossível. Pó e barulho pra todo lado, enfestando o ar. O ar verde e puro de Ararampava? Pfff, só na nossa lembrança. E essa zoeira vinha de onde? Do lugar mais improvável: do terreno da Damiana e do Geraldo. Você entende o que eu quero dizer por *improvável*. Não é que a obra fosse desnecessária. Pelo contrário, a casa deles tinha virado um terror. É claro que o Geraldo fazia sempre que podia alguns trabalhinhos aqui e ali, principalmente depois que o Luciano se casou com a Isabela e veio morar com eles, mas não tinha jeito. Décadas de deterioração, desde o recebimento da herança, tinham levado a degradação a tal ponto, que era preciso uma reforma de verdade. A casa, do jeito que estava, enfeava toda a rua, desvalorizava cada um dos nossos imóveis. O *improvável* era que eles tivessem conseguido o dinheiro pra tocar a reforma. Reforma não, reconstrução. Botaram a casa antiga abaixo, Francine. Recomeçaram do zero. Redesenharam todo o jardim. Até a casinha dos fundos foi reestruturada desde a base. Isso custava. E eu me perguntava: se eles receberam a casa de herança do antigo morador e mais nada, de onde vinha o dinheiro para uma reforma tão grande? A princípio, não descobrimos." O Hélio nos serviu mais uma xícara de café. Depois, deu um sorriso distante. "Os nossos dias aqui no sítio foram criando uma rotina. A Denise acordava bem cedo, dava uma volta pelo quintal, sentava na varanda pra descansar e... começava a bateção, a poeirada. O que fazer? Ela entrava em casa, fechava as janelas e ligava o ar-condicionado. Refúgio. Mas que agonia me dava. Caramba, isso contrariava toda a lógica da nossa vinda pra Ararampava. E lá ia eu até a casa dos vizinhos, perguntar pro mestre de obra ou pra qualquer peão que estivesse na área qual era o planejamento do dia, quando iam dar uma pausa, se o andamento da obra estava dentro do esperado, se iam terminar na data prevista, et cetera, et cetera. Eles, claro, iam ficando a cada dia mais irritados com a minha pressão. E eu a cada dia mais irritado com a falta de sensibilidade deles. Nas primeiras vezes, eu tinha explicado que a minha mulher estava doente, precisava de sossego, e eles respondiam que só estavam fazendo o trabalho deles. Eles não estavam errados, óbvio, mas você pode imaginar, Francine, o tipo de pensamento que a situação ia me levando a ruminar. *Que porcaria de obra é essa? Que gente é essa? Estão fazendo o que morando aqui? Ninguém vê que estão só adiando um problema, a partida inevitável? Porque não vão ter dinheiro para terminar uma reforma dessas nunca.*

Mas a reforma seguia, a todo vapor. E eu ruminando: *de onde vem esse dinheiro? Loteria? Crime?* Esse tipo de ideia que às vezes a gente infelizmente acaba tendo e que jamais comentaria, a não ser entre amigos, entre os íntimos." O Hélio ia servir outra rodada de café, mas a Denise segurou o seu braço. Ele obedeceu. "Passaram alguns dias, e a Damiana, o Geraldo, a Isabela, o Luciano, a turma completa por fim apareceu. Ficaram zanzando pelo terreno, conferindo em que pé estavam os trabalhos, ouvindo as explicações do mestre de obras. Vendo os quatro ali, eu me perguntei: onde eles estavam hospedados enquanto a casa era reconstruída? Estavam ficando com algum parente? Num hotel? Pousada? É curioso, é até infame, mas você não se pega às vezes sob a ilusão de que certo tipo de pessoa te deve explicações, de que certo tipo de pessoa não tem direito à privacidade? É infame, eu admito que é, mas eu também estava desesperado com a situação da Denise, e agora estou contando o que aconteceu, o que eu senti. Porque estamos entre amigos. Enfim, quando eu tive uma chance, eu chamei a Damiana pra conversar. O meu tom não era agradável. Eu sei que não era. E o pior é que ela foi compreensiva com a nossa situação. Disse até que faria um caldo pra Denise, se a casa não estivesse daquele jeito. Perguntei e perguntei e perguntei como eles estavam conseguindo tocar aquilo, com que meios, com que direito, et cetera, et cetera. Ela devia ter me ignorado. Ela devia ter chamado os seus, me xingado e saído dali. Ela devia ter me deixado esbravejando sozinho, afinal ela não me devia satisfação, é verdade. Mas, talvez por fraqueza, talvez por estafa, talvez por bondade, talvez por pura simplicidade, ela se voltou pra mim e revelou: 'Reclama lá é com o Seu Cláudio! Ele é que teve a ideia, ele é que tá bancando tudo. Não temos nada com isso.'" Eu senti o meu rosto queimar. O Hélio encostou na cadeira, envolveu a esposa com o braço. "O Cláudio, Francine. A gente não o tinha visto nenhuma vez naqueles dias. Continuamos sem ver nos dias que seguiram. Vou te confessar, Francine, do nosso lado do muro, olhando a bonita casa de vocês, eu não desejei exatamente o bem dele, não. Por que ele faria isso? Ele tinha dinheiro sobrando pra fazer aquela brincadeira? Tudo bem que ele era solteirão, mas precisava enterrar o dinheiro que tinha naquele terreno que nem era dele, que nem era de vocês? Não tinha uso melhor? Ele tinha essa proximidade toda com os vizinhos? De verdade? E que estranheza era essa de encomendar uma obra daquela complexidade e nunca aparecer pra dar uma olhada? Será que o Cláudio, ele sim, tinha ganhado na loteria e queria fazer uma boa ação? Era o tipo de ideia que circulava aqui dentro." O Hélio pôs os cotovelos sobre a mesa e apoiou o queixo nas mãos. "Um dia depois do outro, a gente foi se acostumando com a barulheira e com a poeirada. A vida tem esse cacoete de se adaptar às circunstâncias mais desagradáveis, não? À parte isso, justiça seja feita, a obra lá no terreno foi avançando, a zoeira foi diminuindo. Quando partimos do sítio, algumas semanas depois — porque o médico tinha razão, e o ar de Ararampava restabeleceu a Denise, apesar de tudo —, os pedreiros já estavam na etapa dos retoques." O Hélio girava a aliança no dedo. "A gente mal voltou pro sítio depois disso. Mas, de vez em quando, o que o Cláudio tinha feito me voltava à cabeça. Por nenhum motivo muito específico. Eu podia estar vendo algo na tevê sobre uma obra beneficente, eu podia estar lendo algum romance ambientado no interior, ou então eu passava por alguém parecido com o Cláudio na rua, e bumba: a lembrança voltava. E, a cada vez que voltava, a irritação era menor. O espanto era o mesmo, isso não mudou, não mudou até hoje, mas a irritação, sim, foi minguando, foi minguando, até se transformar numa forma de admiração. As lembranças têm esse cacoete de se metamorfosear ao longo do tempo, não? A obra me enfureceu porque atrapalhava a recuperação da Denise. Essas circunstâncias momentâneas foram perdendo força, na minha memória. O ato do Cláudio, não. O ato do Cláudio ficou, e cresceu, e revelou a bondade que sempre teve. O seu filho bancou a construção de uma casa pra uma família humilde, que mora na nossa rua quase que por acidente e que, se não tem condições financeiras apropriadas, não é por nenhuma culpa sua. Não conheço os motivos dele. Não quero conhecer. Não me conta, Francine. Eles não importam. O ato é imenso. E isso basta."

Eu não confessei que não sabia de nada. Não corrigi que o Cláudio não era solteirão, que tinha mulher e filho. Não contei que o meu filho tinha uma longa paixão não correspondida pela Isabela. Eu não consegui falar nada.

O Hélio e a Denise pareciam pensar que eu estava constrangida com os elogios à bondade do meu filho. Deviam estar achando que eu não sabia o que dizer sem parecer prepotente ou autocongratulatória.

"Você só tem do que se orgulhar, Francine," a Denise disse, ajudando o marido a tirar a mesa.

Quando os dois voltaram, o Hélio puxou um assunto qualquer sobre a casa deles, e não se falou mais do passado naquela tarde.

13

Era um ambiente feito de madeira. Estantes de madeira, paredes revestidas por algum tipo de placa de madeira, teto forrado de madeira, piso de tábua corrida de madeira, cadeiras e mesas de madeira. Os livros nas estantes, livros que compunham vastas coleções, em tons predominantemente marrons. Luzes amareladas, fracas, pontilhando o teto. Um abajur de cúpula creme aceso sobre a escrivaninha. Ligeiros detalhes em dourado fosco, em vidro preto e em palha curtida ornando os móveis. Uma toca. Uma toca britânica. Um ar de gravidade. Um ar de decisões pendentes. Um ar de negócios solenes a ponto de serem resolvidos. E, no entanto, havia qualquer coisa de aconchegante naquela sala.

Atrás da escrivaninha, falava um advogado que parecia ter sido criteriosamente selecionado para ocupar aquela cadeira em particular, de encosto alto e sólido. O cabelo bem cortado e armado com gel, as palavras com todos os esses honrados e com todos os erres vibrantes, os óculos de armação quadrada com lentes limpíssimas, o paletó com vincos na dobradura do braço como se traçados por uma espátula, o nó da gravata como um embrulho fino no colarinho imaculado. O advogado parecia a obra de alguém. Perfeito, irreal.

"...na caderneta de poupança." A sua voz era lisa, uniforme. Uma voz de madeira. "...em títulos da dívida pública."

Ele entrelaçou os dedos sobre o papel e me olhou, sereno e mudo. Eu espalmei as mãos, sem entender.

"Não, senhora Francine," ele reforçou, "isso é tudo."

Continuei quieta, ainda sem entender, mas o advogado se manteve impassível. Não releu os itens do inventário, não conferiu o documento para verificar se havia pulado algum bem, não desviou o olhar de mim. Poderia ser incômodo, mas não era. O advogado emanava um sentido de segurança que acolhia.

"Não é pouco?", perguntei.

"Não cabe a mim julgar."

"Eu não queria nada pra mim."

"Entendo."

"O sentido natural dos bens é esse mesmo: pra esposa, pros filhos."

"Sim."

"Em qualquer família decente."

"De acordo."

"O que que eu ia fazer com bens ou dinheiro extra? Eu tenho o bastante."

"É uma dádiva para se agradecer a cada dia."

"O que me deixa pasma é justamente que o Cláudio tenha deixado tão pouco pra Júlia e pro Tomás."

"Não posso julgar."

"Ele era um executivo. Falando que era executivo de um hortifrúti, parece um carguinho sem importância, quase um verdureiro."

"Todas as funções têm o seu valor, Dona Francine."

"É isso. Todas as funções têm o seu valor. E o meu filho era o executivo responsável pela expansão da rede de hortifrútis pra todo o país."

"Uma função valorosa."

"Valorosa e rentável, doutor Hermeto. Eu não sei quanto ele ganhava. Que mãe sabe?"

"A minha não sabe."

"Mas não podia ser pouco. Ele teve promoções em sequência. Antes dos trinta anos, já era um gerente."

"Carreira brilhante."

"O hortifrúti tá em todas as regiões do país, menos o Norte."

"Onde um dia estará."

"Eu olhei dia desses no site. Já são nove estados."

"Um terço do país."

"Quando o meu filho começou a expansão, só existiam as lojas do Rio."

"É impressionante."

"Quando o meu filho se desligou da empresa, já no finzinho, o hortifrúti já tinha até ações na bolsa."

"Investimento a ser recomendado."

"Eu lembro quando o Cláudio comentou que um tal de Banco Gaivota tinha sido escolhido pra cuidar do lançamento das ações."

Achei difícil acreditar que alguém podia ter batizado um banco de Gaivota."

"Poesia financeira."

"Parece que você bota lá o seu dinheiro, e o seu dinheiro se espalha, se perde, como um bando de gaivotas."

"Ou coisa pior."

"Doutor, o hortifrúti se tornou uma grande empresa, o meu filho foi um dos líderes desse crescimento, e tudo o que ele deixa pra mulher e pro filho é isso que o senhor leu?"

O advogado olhou para o inventário, não comentou.

"Apesar do salário alto, recebido por anos e anos, isso é tudo o que ficou?"

O advogado tomou uma caneta e, sem tirar a tampa, fez v's de mentirinha ao lado dos itens do inventário.

"Só isso?"

"Sim."

"E pra onde foi o dinheiro, então?"

O advogado espalmou as mãos sobre o documento, como se todo o patrimônio deixado pelo meu filho coubesse dentro delas.

"Eu não deveria falar isso para a senhora, mas eu entendo que uma mãe que perde o filho tem o direito de receber certas informações que, em outras circunstâncias, eu não daria para ninguém."

Eu balancei a cabeça, incentivando-o a prosseguir.

"É verdade, sim, que o seu filho tinha uma renda robusta, mas ele tinha também o costume de realizar doações em vida. Deixe-me tentar ser algo mais preciso. Durante toda a vida profissional, o senhor Cláudio tinha o costume de realizar transferências e saques, de importância considerável. Era para ajudar outrem."

"Doações? Transferências? Pra quem? Pra qual instituição?" O Cláudio nunca tinha demonstrado pendor para obras beneficentes. Não era de ir à igreja, nunca foi de conversar sobre temas sociais, só lia o jornal para se inteirar do que era útil para o trabalho, parecia inclusive um tanto desconectado dos tempos, e nunca deu mostras de grande generosidade. "Isso não parece coisa do meu filho."

"As pessoas podem surpreender."

"Pra onde ia o dinheiro?"

"Estou adstrito a um dever de sigilo."

"Que sigilo, se o cliente faleceu?"

"A lei não faz distinção."

"Como?"

"O falecido não perde o direito à privacidade."

"Uma coisa, pelo menos, você tem que me dizer."

"Com prazer, se possível for."

"Era uma instituição? Eram várias instituições? Uma pessoa? Várias pessoas? Quantas?"

"Não posso, Dona Francine." Ele fechou a pasta de couro que guardava o inventário. "Essa linha eu não estou autorizado a cruzar."

"Doutor, uma mãe..."

"Minha senhora, um advogado contratado pelo seu filho, com confiança total no meu trabalho e no meu sigilo... Ele me pediu isso. Eu estaria desrespeitando não só a memória do seu filho, mas também a minha palavra de honra e o meu profissionalismo."

Ele se levantou, estendeu a mão e abriu a porta. Ao sair do escritório de madeira, eu me senti varrida pela dor e pela incompreensão como se um dique houvesse rompido.

Eu não sabia por onde levar a história adiante. Conversar com a Júlia estava fora de cogitação. O Vicente não saberia de nada. Guardei a revelação comigo, extremamente bem guardada, com a esperança de que um dia eu me esquecesse dela. Talvez houvesse esquecido, se eu não tivesse retornado a Ararampava.

14

Não se via mais a grama seca, salpicada de cascalho, onde antes estacionavam uma picape com a lataria amassada. Nem a casa de um andar só, repleta de rachaduras na fachada, janelas comidas por cupins, a porta de madeira arranhada pelas unhas dos gatos. Nem os cachorros vira-latas à solta pelo terreno, latindo diante de qualquer movimento na rua. Tampouco se via o muro pichado, com cacos de garrafa no topo para afastar ladrões. Ou, nos fundos, o casebre dos empregados, miúdo e coberto por uma telha de zinco que devia transformar o cubículo num inferno no verão.

Nada disso. Até o café com o Hélio e a Denise, eu não tinha me dado conta direito das transformações. Nunca fui de notar nada, quem tinha inteligência visual era o Antero. Mas, no dia seguinte, parei num canto do portão, elétrico como o de toda a redondeza, e observei a morada atual do Geraldo e da Damiana. No lugar do cubo de um andar só, posto abaixo, tinha sido construído um imóvel de dois pavimentos, um tanto retraído com relação à rua, de modo a abrir espaço para um jardim ornamentado — muito bem cuidado, aliás, pelo Luciano. Em vez da grama seca, havia uma garagem descoberta que guardava um automóvel grande, branco e limpo. O térreo da casa, muito mais largo do que o da versão original, tinha janelas no estilo colonial mineiro, com venezianas pintadas de um azul que combinava com o creme da parede. O segundo andar se abria numa varanda de fora a fora, onde se viam uma rede, vasos de planta pendurados, uma grelha. Nos fundos, de um lado havia um canil, e, do outro, dependências externas que eram tão espaçosas que podiam ser tomadas como uma casa à parte. Entre as duas casas, dava para vislumbrar, brilhando sob o sol, as águas cloradas de uma piscina.

Não era uma casa que meramente se adequava aos padrões da rua, padrões de que o imóvel original tinha se distanciado depois da morte do primeiro dono. Havia certo luxo ali. Parada num canto do portão, pensei que a reforma — reforma nada, a *reconstrução* não tinha saído barato. Eu não podia entender esse desfalque ao patrimônio da família. Se a Isabela fosse amante do Cláudio, o gasto não deixaria de ser condenável, horroroso. Só que a moça tinha se ofendido com a sugestão de que estava amancebada com o meu filho, e ela era tão matuta que tinha me passado uma impressão de sinceridade. A revolta dela me pareceu a revolta de quem foi acusada injustamente e não sabe se defender. Digamos que não fossem amantes. Nesse caso, a ideia de que o Cláudio tinha arcado com uma obra daquele tamanho, tinha desperdiçado posses que cabiam com todo o direito à sua mulher e ao seu filho, era ainda mais intolerável. O que era aquilo? Mais uma tentativa desesperada de conquistar a vizinha? Mais uma forma de rastejo?

A porta da casa dos fundos se abriu. De relance, vi o Luciano sentado numa poltrona, assistindo à tevê. A Isabela, de short e top, pôs o gato para dentro e tornou a fechar a porta. Então era ali que os dois moravam. A casa principal pertencia à Damiana e ao Geraldo, e a filha e o genro buscavam a sua privacidade no casebre do quintal. De quem teria sido a ideia de construir uma segunda casinha bem estruturada nos fundos? Imaginei o meu filho, reunido com um arquiteto no nosso sítio, pedindo correções no projeto para atender às vontades da Isabela, vontades que ele conhecia ou supunha conhecer. Quando o Hélio foi reclamar do barulho e da confusão, a Damiana pôs a culpa no meu filho; falou de um jeito como se quisesse deixar claro que eles nem queriam aquela reforma, insinuando que havia sido uma imposição do Cláudio. Mais um sinal de que a reforma tinha algo de doentio. O Hélio pintou tudo como se fosse uma obra de caridade, mas apenas porque ele não conhecia todos os elementos da história. Bom, se é que ele não queria apenas me poupar das suas opiniões menos abonadoras e só fingia acreditar nessa teoria da caridade.

A porta da casa dos fundos tornou a abrir, e por ela saiu o Luciano, vestido com os seus trajes de jardineiro. Ele saiu do meu campo de visão, e eu ouvi um barulho de lata, de metal, de fardos pesados caindo. Logo ele reapareceu, empurrando o seu carrinho de materiais abarrotado de apetrechos e insumos de jardinagem. Ele assobiou sem levar a mão à boca, e eu notei um vulto aparecer numa janela lateral, a sua silhueta indistinta atrás da cortina. O portão à minha frente correu sobre os trilhos e me assustou. O Luciano avançava pelo quintal ornamentado, um funcionário num jardim cenográfico. Não havia onde me esconder, não havia como fingir que eu não estava espiando a casa, e seria indigno correr. Eu me mantive plantada onde estava, a minha mente em estado de choque. O Luciano saiu pelo portão da garagem, mas tomou a direção oposta. Levou o seu carrinho até a casa dos Novaes, tirou uma chave do bolso, abriu a porta, entrou, sumiu. Não acreditei que não tivesse me visto. Não era possível que não tivesse me visto. Olhando a rua vazia, fiquei pensando se ele tinha fingido distração para não constranger a patroa, surpreendida cometendo uma indiscrição. Ou seria por matutice, para evitar ter que falar nem que fosse um oi?

Senti que o vulto na janela tinha se mexido. Eu me virei rápido e flagrei a Isabela fechando as cortinas como uma menina enfezada. Talvez fosse culpa dela. Sim, talvez ela tivesse contado para ele o nosso desentendimento na varanda de casa — lógico que do ponto de vista distorcido, incompleto e dengosinho dela. O marido ficaria do seu lado, ficaria com raiva de mim, como não? Ainda mais sem estar por dentro de todos os fatos. Então me dei conta: eu não sabia até que ponto o Luciano conhecia os detalhes da relação entre a mulher e o Cláudio. Saí pensando em arrumar um jeito habilidoso de sondar o meu jardineiro sobre o assunto, um jeito que não o indignasse nem o ridicularizasse. Se é que ele ia aparecer no próximo dia de trabalho.

15

Desde o meu retorno a Ararampava, eu não tinha propriamente visitado a cidade. Sim, tinha dado eventuais pulos na mercearia para buscar ingredientes para as receitas da Dona Almerinda. Tinha levado o meu neto à venda do Seu Tião para comprar bala Juquinha e ao bar da Ruiva para jogar fliperama do lado de fora. Mas eu não tinha andado com vagar pela cidade, sem outro objetivo que não o de observar, comparar, sentir. Quando desgarrei do portão da casa da Damiana e do Geraldo, eu precisava espairecer, não queria voltar para o sítio. Tomei o rumo da cidade.

A *cidade*, termo generoso que os meus caseiros e todos nós nas redondezas usávamos, significava basicamente uma rua comercial, plana e com não mais do que um quilômetro de extensão, entrecortada de lado a lado por ruelas residenciais. No meio do caminho, a rua se abria ligeiramente numa modesta praça, pontilhada de bancos e mesas de pedra onde se jogavam cartas e damas debaixo da sombra dos jacarandás. Guarnecendo a praça, cinco ou seis degraus acima do solo, erguia-se uma igreja, de paredes brancas e telhado com um campanário quadrado.

Era estranho: a sensação era a de que nunca se via ninguém na rua, mas, ao mesmo tempo, era impossível ir de uma ponta a outra sem esbarrar com alguém. "Êêêêêêp", cumprimentava algum dono de loja sentado numa banqueta na calçada, à espera infinita da freguesia. "Ôôôôôôp", saudava algum morador da vizinhança, saído de uma das ruas transversais, levantando a aba do chapéu. Era como se algo indefinível anunciasse a sua presença na cidade, e algum residente aparecesse na rua principal para acolher quem passava. Porque era, sim, acolhedor ouvir as saudações. Eram saudações que não cobravam nada de você, nem mesmo a articulação de uma palavra completa, que fizesse sentido. Saudações que eram apenas um sinal de vida. Havia uma sensibilidade oculta nesse jogo tão simples, uma sensibilidade que cativava. Na cidade, não cabia pressa, não cabia imposição. "Êêêêêêp", um fazia, "ôôôôôôp", o outro respondia, e estava tudo certo e conversado.

Por falta de concorrência, as lojas não precisavam ter nome, e muitas de fato nem sequer tinham tabuleta. Se alguém dissesse: "tô indo na farmácia", ninguém precisaria perguntar qual, pois só existia a farmácia da Dona

Justina. Havia também a mercearia do Selênio, que já havia morrido mas de que importava — os nomes eram legados aos herdeiros e mesmo ao raro comprador do ponto. E a venda do Seu Tião, que na verdade era uma loja de quinquilharias domésticas com um balcão recheado de salgados fritos, potes de bala e doces baianos. E o bar da Ruiva, que fechava e abria em horários incertos e surpreendentes, conforme o humor da dona. E a barbearia do Jerônimo, mais frequentada por mulheres do que por homens, uma vez que eles ou raspavam o próprio cabelo à navalha ou deixavam que as esposas e filhas cuidassem dos cocurutos em casa, à base de tesouradas tortas. E a malharia da Helô, aonde se ia para comprar roupas próprias para um extremo e para o outro das ocupações humanas: as peças mais chulés para brincar na rua ou trabalhar na roça, os conjuntos mais finos, costurados à mão, para casamentos, batizados e funerais, e nada no meio desse espectro. E o restaurante do Gutão, que anotava o prato da semana num cavalete mantido permanentemente aberto na calçada, a giz, com uma letra tão caprichosa — volteios e serifas estonteantes como as de um escrivão antigo — que dava vontade de comer não o prato da semana, mas algo que tivesse o sabor daquela caligrafia. A cidade não era bonita. Mas a junção da simplicidade, do sol ardente de região serrana, da ausência de movimento, dava ao conjunto a paz de um quadro vivo.

Andando sozinha, me acalmando ou me distraindo a cada passo, eu quis que a rua se esticasse por mais alguns quilômetros. Mas ela chegou ao fim, e eu parei diante do restaurante do Gutão. Na lousa, li que o cardápio da vez era tutu com arroz biro-biro, couve à mineira, aipim frito e torresmo. Fazia tanto tempo que eu não comia tutu. Tive vontade de pedir um prato. Eu me aproximei do vão de entrada, um vão escuro apesar da porta escancarada, e tentei ouvir como estava lá dentro. O restaurante parecia uma extensão do restante da cidade. Entrei.

Um casal estava sentado a uma mesa não muito longe da porta. Diante deles, em pé, o Gutão conversava de braços cruzados, com uma expressão de quem falava sobre um segredo. Os dois clientes me olharam de um jeito que me pareceu hostil. Virei de lado. Numa mesa mais afastada, embaixo de uma janela, um homem solitário comia com o rosto enfiado no prato. De resto, o restaurante estava vazio. O Gutão seguiu o olhar do casal e, ao contrário deles, se desmanchou num sorriso que me deixou sem graça.

"Dona Francine, que alegria!" Ele subiu a calça sobre a ampla barriga. "Pode me acompanhar." Fui levada até uma mesa na parede oposta à do homem solitário. O Gutão abriu as janelas de madeira que margeavam a mesa, e a vista da serra fluminense se ergueu, rochosa e iluminada, embaixo do céu azul esbranquiçado como uma piscina rasa. "Tem gente nova, e é gente boa," ele apontou com o queixo para o casal, que nos acompanhava de rabo de olho, "que tem mania de privacidade. Mas não ia deixar a senhora comer nesse escuro de masmorra, não." A luz que entrava pela minha janela revelou o rosto conhecido do Gutão, as bochechas pesadas simpáticas, as sobrancelhas erguidas como num permanente pedido de desculpas. "Todo dia eles vêm aqui e contam podres, se a senhora me perdoa a palavra, de gente que eu nem conheço, gente de fora, gente de outra época da vida deles, haja gente. E gostam do restaurante só assim, todo fechado. Ele," apontou com o queixo novamente, agora na direção do homem solitário, "não se importa. E eu não posso ter o luxo de me importar. Cliente cativo é cliente cativo. Agora," ele sorriu novamente o sorriso que me encabulava, "cliente ilustre é cliente ilustre." Abrindo um caderninho, anotou o meu pedido de uma limonada, sem açúcar. "Mas não vou deixar a senhora provar outra coisa que não seja o tutu da minha esposa. Ah, a senhora vai se arrepender de ter passado tanto tempo longe do restaurante do Gutão."

Sozinha, eu me perguntei se o Antero e eu íamos ao restaurante com tanta frequência assim, a ponto de o dono se lembrar de mim, passado todo aquele tempo. Eu achava que não. Vez ou outra, aparecíamos para provar um tempero diferente do da Dona Almerinda ou para levar alguma visita. Vez ou outra, e só. Talvez o Cláudio fosse um dos tais clientes cativos nos finais de semana e eventualmente falasse sobre mim. Talvez fosse só a boa memória de um comerciante. Deixei para lá e voltei a fitar a paisagem da minha janela.

Mas algo me incomodava no restaurante — o casal à beira da porta estava cochichando, enquanto lançava olhares tortos para mim. Então me dei conta: eram eles. Não dava para acreditar que aqueles dois, nas suas refeições diárias no restaurante, falassem mal apenas de pessoas de fora de Ararampava ou do passado deles. Eles falavam mal era dos habitantes do vilarejo, isso sim. O resto era polidez do Gutão. Da minha mesa, se eu encarava os dois, eles viravam a cara um para o outro, trocando olhares de cumplicidade, de repulsa. Sim, esse casal é que havia preparado o Gutão para a minha possível aparição. Eles é que haviam descrito para o dono a minha fisionomia, o meu modo de vestir, quem sabe a minha ingenuidade. Eram os circuladores de maledicência das redondezas. O homem solitário balançava a cabeça como se pudesse escutar o que o casal cochichava. Eu sentia que também ele, entre as suas garfadas brutas, me espreitava, como se eu fosse uma forasteira inconveniente. Eu me arrependi de ter entrado no restaurante. Eu podia pedir à Dona Almerinda que preparasse um tutu para mim quando bem entendesse. O tempero dela havia de ser melhor do que o da esposa do Gutão, aliás, a julgar pelo salão vazio. Eu decidi me levantar e sair dali, deixando a janela aberta de propósito para incomodar aquele casal odiento.

Mas o Gutão apareceu de repente com o meu prato de tutu e os seus acompanhamentos numa bandeja e colocou tudo sobre a mesa com um ar de orgulho.

"Ah, foi rápido."

"Tutu bom é tutu curtido. Só requentar a panela e tá pronto. Bom apetite."

O sorriso largo e desconcertante do dono, outra vez. Eu não faria desfeita. Fiquei.

E a verdade é que o tutu estava delicioso. Salgadinho e temperado. Gorduroso, sim, mas que mal fazia? Seria só aquele almoço. E eu poderia me sentar do outro lado da mesa e comer em paz. Por que não? Eu poderia dar as costas àquele casal. Não só isso. Eu poderia virar um pouco a minha cadeira para a janela, de modo a dar as costas também ao homem solitário. Por que não? Que eu confirmasse as suas suspeitas e preconceitos. Não importava. Eu veria apenas a linha rochosa da serra recortando o céu imenso, e nada perturbaria a minha refeição. É isso que eu faria.

Só que então um homem entrou no restaurante. A princípio, ficou encoberto pelo corpanzil do Gutão, com quem conversou longamente. Eu podia ver que era baixo e que tinha poucos cabelos, anelados, em volta da cabeça comprida. O Gutão afinal deu passagem para o homem e juntou os braços para convidá-lo a entrar, a tomar a mesa que talvez fosse a sua mesa de costume. Mas antes o homem parou junto ao casal que estava sentado à beira da porta para trocar umas palavras. Eu logo vi que o seu corpo pequeno, de dimensões quase infantis, estava coberto por uma roupa preta com um detalhe branco na altura do pescoço. O padre do vilarejo. Sim, o padre Eduardo. Eu me lembrava dele. Não éramos religiosos, mas o Antero nos fazia frequentar a missa de domingo com alguma regularidade. "Temos que participar da comunidade e dar a nossa contribuição," ele justificava, e nós dois arrastávamos o Vicente e o Cláudio para a igrejinha de paredes brancas e silêncios graves. De onde eu estava, dava para ver que o padre não era mais o mesmo homem jovem, de movimentos ágeis e rosto esperto. Ele usava agora um cavanhaque grisalho que não lhe caía bem, a sua fisionomia havia ganhado um aspecto meio galináceo devido às bochechas murchas, ao nariz fino e curvo como um bico, e ele mantinha as mãos juntas rente ao corpo, como se gesticular já lhe custasse. Ele conversava com o casal com uma expressão séria, mas receptiva, e mantinha a cabeça inclinada num sinal que eu julguei ser de condescendência. Lamentei não conseguir ouvir o que diziam. Depois de se despedir com uma suave gargalhada, o padre se dirigiu à mesa onde estava o homem solitário — andava sem olhar ao redor, como se conhecesse de antemão a localização dos seus fiéis. Dessa vez, eu pude ouvir a conversa. Ou melhor, o recado. Pois apenas o padre falou, e foi curto, direto, embora gentil. Agradeceu a comida que a esposa do homem havia levado a uma confraternização recente do coral, "coisas santas aquelas travessas", e encorajou os dois a comparecer à missa no domingo seguinte: "queremos devolver as travessas. E não conte à senhora sua esposa, mas as travessas voltam com uma retribuição singela da paróquia." O homem ergueu as mãos como se se banhasse no reconhecimento do padre. O padre fez um giro e comprimiu os olhos diante da claridade que entrava pela minha janela. Notei o seu desconcerto. Ele não esperava que eu estivesse no restaurante. Eu não era um dos seus fiéis, mas, mesmo assim, temi que ele viesse falar comigo. Eu sabia que ele viria falar comigo.

"Vou me apoiar aqui um instante, porque a sensação até me tira um pouco o equilíbrio. Sabe? Como reencontrar um amigo que se distanciou não por opção, mas pelas circunstâncias do percurso." Segurando o encosto da cadeira oposta, ele me estudava, como se procurasse algo. "Dona Francine, que satisfação." Ele espiou o meu prato, os potinhos de torresmo e de couve mineira pela metade, e balançou a cabeça com uma expressão de agrado. Entendi que ele gostaria de se sentar comigo, de ser convidado a dividir aquela refeição. Apontei a cadeira em que ele ainda se apoiava.

"Seria uma honra, Dona Francine, obrigado, mas antes eu preciso perguntar: como está o tutu?"

"Uma delícia."

"Bom, nesse caso..."

Ele riu. O Gutão logo ressurgiu com a sua bandeja e substituiu todos os potinhos por porções completas. O padre fez um gracejo que não entendi, e voltamos a ficar a sós.

Enquanto se servia, ele começou a falar como se conversasse consigo mesmo. "As pessoas me dizem: como é poderosa a memória de um padre. Mas, na verdade, é comum como a memória de qualquer pessoa. Até pode ser poderosa, tudo bem, porque poderosa é a memória de cada um de nós. Só não é diferente." De perto, o rosto envelhecido do padre me deu certa tristeza. "Você, por exemplo, Francine. Tenho certeza de que se lembra dos menores detalhes da sua vida em família. De um drinque tomado com o Antero na varanda num fim de tarde de primavera. De uma história espirituosa contada pelo Vicente ao retornar de uma das suas andanças pelo vilarejo. Da inquietação do Cláudio, chutando pedrinhas na rua e esperando alguém aparecer." Achei curioso que todos os exemplos do padre, exemplos que aliás não refletiam a minha experiência, se passassem em Ararampava. Como se Ararampava fosse o centro da nossa vida familiar, o centro das minhas memórias afetivas. "Você se lembra bem daqueles que são importantes pra você. Claro. Eu também. Só que, no meu caso, as pessoas que são importantes formam um grupo enorme. Não que eu seja mais querido, não que eu seja especial. É consequência direta da minha missão, é uma das faces do meu ofício. Todos aqueles que fazem parte da minha congregação são importantes pra mim. Sem presunção de virtude. Um simples fato profissional. E eu me lembro de vocês, Francine, como eu me lembro" — e quis provar isso. Ele se lembrava de um churrasco de domingo no jardim da igreja, no qual o Antero ficou responsável por controlar a brasa e administrar os espetos. Ele se lembrava de uma missa em que eu aceitei substituir uma paroquiana adoentada na entrega dos folhetos e na coleta de doações. Ele se lembrava de quando os meninos, já grandinhos, ajudaram na arrumação da igreja para uma cerimônia de primeira comunhão. Ele se lembrava de que vivia insistindo conosco e com os meninos para que os dois fizessem a crisma em Ararampava, já que estavam lá toda semana, mas nunca tinha sido ouvido, os dois não pisavam na igreja. Eu não me lembrava de nada disso, eu nem sequer estava convicta de que tudo aquilo de fato tinha acontecido. "Como eu poderia imaginar o que viria a acontecer?" Achei que o padre se referia à morte precoce do Cláudio, mas ele sorria, prazenteiro e orgulhoso. Não podia ser. "Bom, pelo menos de um dos lados." Ele riu, e eu continuava sem entender. "Como anda o Vicente, segue à beira das águas do Ceará?"

Não notei nenhum espírito de deboche no rosto do padre, mas de qualquer forma não gostei da pergunta. Enquanto eu respondia com frieza, sem oferecer detalhes desnecessários, o padre aproveitou para dar rápidas e caprichadas garfadas, que estufavam as suas bochechas secas.

"O Cláudio adorava o irmão. Sentia falta dele. Admirava até, de um jeito complexo," o padre opinou, tentando espetar um torresmo que acabou saltando da mesa. "Entre irmãos, ainda mais quando se vive o que os dois viveram, as coisas não podem ser lisas e planas. Isso não seria próprio desse mundo descaído." Ele olhou por uns instantes as montanhas enormes que se impunham sobre o horizonte. "Um dos testemunhos mais bonitos que o Cláudio deu nas nossas missas foi justamente sobre o irmão. Uma coisa sutil, mas poderosa, que ao mesmo não revelava nada de concreto, nenhum fato, nada, mas transmitia uma verdade que qualquer um podia compreender, uma verdade que levou às lágrimas mais de um fiel nos bancos da igreja." Os olhos do padre umedeceram. "Você não sabia. Eu sempre desconfiei — não, eu sempre *soube* que você não sabia. Mas agora o seu espanto me traz a confirmação." O padre depositou os talheres no prato e o empurrou. De algum modo, entre os breves intervalos de silêncio, ele havia dado conta de esvaziar as travessas. "Olha, não é nada comum que um pároco faça o que eu faço. A igreja tem um propósito específico, que precisa ser resguardado a todo custo. Desvirtuar, ou melhor, estou invertendo os fatores, flexibilizar a sua função é desvirtuar os princípios de sacrifício e devoção. É deslegitimar, na prática, as mensagens que o recinto deve cultuar." Ele disse que, apesar disso, não se podia ser tão purista em pequenas cidades do interior. Nelas, era necessário moderar o rigor da liturgia, ou se arriscaria desmobilizar os seguidores. Tendo isso em mente, decidiu incorporar várias inovações à rotina da paróquia — tudo feito sem o conhecimento da arquidiocese, claro, pois não havia jeito: o arcebispo e o pessoal ao redor estavam distantes do homem e da mulher simples e desconheciam os seus interesses, as suas particularidades. Ele explicou que tinha "inventado" de organizar churrascos no terreno todo último domingo do mês, oferecer aulas de cozinha para as senhoras e carpintaria para os senhores, transformar uma sala interna num pequeno orfanato pelo menos uma sexta-feira à noite por bimestre para dar um "respiro" aos pais, promover leilões em festas juninas com artigos religiosos e outros nem tanto. Ele não se orgulhava de tudo, admitiu, com um sorriso sonsamente encabulado.

Mas de uma liberdade tomada à revelia das suas autoridades hierárquicas ele nunca se arrependeria. Parecia inconcebível para mim, mas o que ele chamou, com uma grandiosidade inesperada, de "pequeno simpósio arcadiano," tinha começado com ninguém menos do que o Cláudio.

"O Cláudio." Eu nem perguntei ao certo. Não havia exatamente espanto na minha voz. Antes, era como se eu tivesse repetido o nome do meu filho para eu mesma poder avaliar se era possível que ele ocupasse um espaço naquela história.

"Não me olha assim, Francine. Também pra este vigário experimentado aqui tudo começou como uma ideia deslocada. Deslocada e no entanto, conforme o tempo passava, cada vez mais lógica." Ele disse que estranhou a primeira vez em que o Cláudio, um garoto ainda, tomou um lugar no último banco da igreja para acompanhar a missa. Supôs que o meu caçula quisesse dar algum aviso, talvez informar que a família havia decidido vender o sítio, depois da morte do Antero — aliás, o padre, do altar, achou as feições do Cláudio pungentemente parecidas com as do pai recém-falecido. Mas o meu filho deixou a igreja antes do término da missa. Talvez estivesse caminhando pelo vilarejo e houvesse decidido entrar na paróquia apenas para se abrigar um pouco do sol e do calor, o padre pensou. Só que o Cláudio retornou no domingo seguinte. E no seguinte. E no seguinte. Chegava sempre depois de a missa ter começado. Partia sempre antes de ter acabado. Não falava com ninguém, não interagia com ninguém, nem bem olhava para ninguém. O padre queria dar um oi, apertar a mão do meu filho, perguntar como ele e a família estavam, mas não havia oportunidade. Mesmo enquanto ainda estava pregando, o padre se questionava sobre o que o Cláudio procurava dentro da igreja. Ele presumia que não eram os salmos, que não era nada das escrituras. O meu filho não repetia versículos em voz alta, não participava dos coros nas músicas, não ajoelhava no genuflexório, não fazia o sinal da cruz, nunca parecia rezar ou se comunicar com Deus. A sua presença era pacífica, mas inerte. Distante. Ensimesmada. Demorou, mas, após muitos domingos, meses adiante, o Cláudio passou a se permitir ficar na igreja depois de terminada a missa. O padre ia então atrás dele, fazia os cumprimentos de praxe, falava alguma bobagem, de início não propunha nenhuma conversa, não queria forçar a barra. O processo de aproximação foi longo, desdobrou-se numa escala de meses. Conhecer o meu filho, disse o padre Eduardo, foi como progredir num labirinto. A sensação, a certa altura, era a de que o Cláudio não tinha uma vida real. A vida fora de Ararampava parecia ser algo de que o meu filho tentava fugir, ou algo com que ele não estava contente, ou algo que ele precisava repensar, com urgência. A vida em Ararampava, por outro lado, não parecia ser nem um destino nem uma ambição, antes um acidente, antes uma jornada precária. Só que o padre não tinha a impressão de que o Cláudio se sentava sozinho no último banco da igreja com o objetivo principal de refletir a fundo sobre essas questões. Não parecia que a sua permanência muda era um exercício de introspecção, nem tampouco um pedido de ajuda. Parecia que ele queria testar algo novo, sem saber bem o que nem como. Ele se sentava no último banco, domingo após domingo, o seu peso largado numa postura terrível, mas lá na frente, embaixo da cruz, o padre notava que a atenção do Cláudio não permanecia nem dentro da paróquia, nem dentro dele mesmo, nem em coisa alguma. Vagava, voltava para si mesma, sumia em coisas externas, talvez questionasse o motivo das idas à igreja, e durante esses possíveis questionamentos a expressão do meu filho ganhava uma energia dolorosa. A assiduidade do Cláudio não fazia sentido. Homens e mulheres que desconhecem sentimentos religiosos não costumam frequentar recintos pios. Até que o padre teve um estalo. São muitos, sim, os homens e mulheres desprovidos de sentimentos religiosos que frequentam a igreja e contribuem para a comunidade. A diferença mora naquilo que eles buscam no ambiente de fé. "Porque aí está," observou o padre, "não é a fé." O Cláudio estava sob a ilusão de que as suas visitas deveriam servir, em primeiro lugar, para o contato com a religiosidade, para o diálogo interior com os princípios teológicos, para o exercício individual do autoconhecimento. Esse não era o caminho para ele, e por isso as visitas à igreja não levavam a nada. O que ele buscava, na verdade, e não desconfiava, era o conhecimento por meio do convívio com os demais. O que a igreja poderia ter, para ele, era uma serventia social. Era através do contexto humano que ele poderia tirar proveito da sua nova rotina de domingo. O padre pensou: os meus outros fiéis também podem crescer tendo contato mais próximo com uma pessoa como o Cláudio. Cabia a ele, padre Eduardo, criar as condições para que essa interação pudesse acontecer da maneira mais recompensadora para todos. Assim surgiu a ideia dos testemunhos.

"Testemunhos," eu repeti, incrédula, como se estivesse repetindo uma palavra de uma língua estrangeira. Sem que eu me desse conta, o Gutão já havia limpado a mesa e colocado entre nós um bule de café e duas xícaras. O padre Eduardo serviu a mim e depois a ele.

"O seu filho precisava falar. Ele achava que precisava ficar quieto e pensar e pensar e pensar e talvez rezar um pouco, do jeito atabalhoado meio agnóstico dele, mas principalmente pensar e pensar muito. Não. Ele precisava falar. Falar pode ser a melhor forma de reflexão." O padre apontou para o próprio peito. "Para outros, pode ser o contrário: ouvir." Achei que ele ia apontar para mim, mas não apontou. Ele disse que tinha sido uma grande alegria encontrar uma forma nova de conciliar dois objetivos. Poderia ajudar um jovem a se entender melhor, pensando sobre si mesmo em voz alta, num exercício coletivo e humano. Ao mesmo tempo, poderia ajudar pessoas simples a entender que um indivíduo aparentemente bem-sucedido compartilha com eles a mesma essência instável, muitas vezes insegura, tateante. O padre confessou que a sua maior luta, desde a chegada a Ararampava décadas antes, era combater o sentimento de inferioridade entre os seguidores da paróquia. Falar abstratamente sobre coragem, gana, ou mesmo exemplificar esses conceitos por meio de parábolas e narrativas bíblicas, tinha um impacto muito limitado sobre quem havia sido treinado pela vida a considerar apenas o que estava próximo, apenas o palpável. Ouvir alguém que eles tomariam como um vencedor, e de fato era um vencedor, o padre enfatizou arregalando os olhos, mas que afinal dividia aqueles bancos duros de madeira aos domingos, ouvir esse vencedor meio forasteiro, meio local, poderia humanizar o talento, a sorte, a busca, o sucesso. Ararampava era o melhor lugar do mundo, disse o padre — eu me esforcei para não sorrir — mas ele não queria que ninguém permanecesse no vilarejo pelos motivos errados, por covardia, por provincianismo, por derrotismo. Ficar em um lugar, qualquer lugar, só se justificava, só era válido, se fosse um ato da vontade, de amor.

Ouvi a porta do restaurante bater com a força do vento. As mesas antes ocupadas pelo casal antipático e pelo homem solitário já estavam vazias. O Gutão e a esposa deviam estar na cozinha. O salão estava deserto, e a fala cochichada do padre preenchia o ambiente com uma urgência suave. Lá fora, as montanhas pareciam a ponto de trincar sob o ar seco e claro.

"Eu convidei o Cláudio a tomar a palavra no final de uma missa," o padre continuou, ajeitando a gola da batina. "O seu filho me olhou como se eu tivesse feito a mais absurda das propostas. Expliquei que, na minha opinião, compartilhar um pouco da sua história poderia ser muito benéfico para a comunidade. Ele não se convenceu." O padre não insistiu, mas, no domingo seguinte, refez o convite. O Cláudio recusou de novo. Assim continuaram por muitas missas dominicais. A certa altura, o padre nem precisava mais fazer o convite verbalmente. Apenas levantava as sobrancelhas enquanto os seguidores deixavam a igreja, e o Cláudio respondia a distância com um meneio da cabeça. Até que, um dia, o padre percebeu, do púlpito, que o Cláudio estava pronto. Não foi nada combinado. Uma troca de olhares ou de gestos — o padre não conseguia recordar —, durante a pregação, foi o que bastou para selar o acordo. O convite estava aceito. O Cláudio tomaria a palavra. O que ele diria era um mistério também para o padre, talvez para o próprio Cláudio.

"O que ele disse?", eu perguntei, enervada com o suspense. Nada do que eu estava ouvindo me parecia plausível.

"Contou uma história."

"Sobre o quê?"

"Essa é a pergunta certa. *Sobre* o que era a história. Não *qual* era a história. Isso eu não poderia responder. Mas *sobre* o quê, sim." O padre explicou que o Cláudio não narrou uma sequência de acontecimentos. Não havia um encadeamento de fatos. Não era um depoimento, não era um causo, não era uma fábula. O que o Cláudio disse era mais parecido com um poema. Uma expressão de sentimentos morais. Uma fala personalíssima e, ao mesmo tempo, universal, disse o padre. Quando o testemunho acabou, e o Cláudio juntou as mãos em agradecimento, o padre notou que havia mais de um fiel comovido nos bancos.

"E sobre o que era a história?"

"Sobre o irmão. Ou, na verdade, sobre algo que o Cláudio tinha aprendido com o irmão." Os fiéis reconheceram em si mesmos um sentimento semelhante, e uma sensação de cumplicidade pairou entre nós. O Cláudio, com as suas palavras, tinha dado um abraço protetor em todos. A partir daí, as participações do Cláudio se multiplicaram, até se transformarem quase num capítulo necessário das missas de domingo. As pessoas esperavam por aquele momento. O estilo do Cláudio não mudou, disse o padre. Os testemunhos continuavam meio misteriosos, mais alusivos do que literais, girando em torno dos conceitos de responsabilidade, hombridade, dever e coragem. Havia sempre um fio de investigação da virtude nas falas do Cláudio, e era isso que unia as falas num todo coeso, numa espécie de "catálogo". Porque, em pé à beira do altar, o padre foi se dando conta de que o Cláudio construía, domingo a domingo, sem alarde, sem pretensão, um catálogo de ensinamentos sobre a vida honrada. Era algo sutil e humilde. O Cláudio não passava a impressão de estar dispensando porções de sabedoria a aprendizes. Ele falava num plano de igualdade, como alguém que estava buscando descobrir o que era o certo, o que era o devido, e que tinha ele mesmo dificuldades para pôr em prática o que descobria. O Cláudio não era religioso, mas falava num tom que se assemelhava ao das escrituras.

A esposa do Gutão apareceu. Carregava um balde e um rodo e começou a lavar o piso na ponta oposta do salão. Não foi falar com a gente, mas o recado era claro.

"Francine," o padre deu um meio sorriso, "você pode estar achando que eu estou engrandecendo o seu filho para te agradar, como se a boa educação exigisse de um padre falar bem da memória de um jovem para a mãe que o perdeu antes da hora." Ele insistiu que não se tratava disso. "Eu lamento tanto que eu não tenha tido a presença de espírito de gravar pelo menos um dos depoimentos do Cláudio, um trecho que fosse. A tecnologia e a igreja, você sabe... Tivesse feito isso, você poderia ser tocada pelos mesmos sentimentos que me tocaram. Tivesse feito isso, você poderia entender e acreditar no que eu te contei hoje." Saindo do restaurante, diante da porta, o padre tomou a minha mão. "Não precisa me olhar assim. Eu entendo a sua surpresa. Só peço que faça um exercício, agora que está mais presente no vilarejo. Note como as pessoas te tratam, como te reconhecem. É a gratidão que sentem pelo Cláudio, projetada sobre a mãe dele. Ao mesmo tempo, pode se preparar também para alguma hostilidade. É o despeito dos invejosos, porque eles existem, ah se existem, se até o Nosso Senhor Jesus Cristo tinha desafetos... Não, não, longe de mim blasfemar contra o Filho de Deus e comparar o Cláudio a ele, não é isso, o que quero dizer é que se até Ele passava por isso, não seria o Cláudio, homem comum, bondoso, mas comum, que não os teria. Note e depois me conte."

Ele largou a minha mão e caminhou, com os seus passos pequenos, rua afora. Eu fiquei parada na soleira do restaurante. Observei o padre pela rua até que ele sumiu dentro da igreja. Enquanto eu o acompanhava, tentei imaginar o meu filho em pé no altar, discursando para os bancos repletos. Não consegui.

16

Eu andava pelos cômodos à procura dos meus filhos. Nenhum sinal. A cada passo, eu esbarrava num parente da Marcela ou num amigo do casal, e eles me davam vivas e parabéns, erguendo a taça para um brinde. Eu agradecia, tilintava, seguia adiante. Eu tinha reclamado tanto com o Vicente. Dar um jantar na véspera do próprio jantar de casamento parecia excessivo, estafante, algo feito para esvaziar a ocasião principal. Ideia do pai da Marcela. No entanto, rodando pelo pátio externo, bebericando mais uma taça de vinho tinto, eu precisava reconhecer que estava enganada. O gelo tinha sido quebrado, os convidados tinham sido apresentados uns aos outros, um vínculo de alegria e confraternização tinha sido formado entre pessoas que antes não se conheciam, e, na noite seguinte, a união entre o Vicente e a Marcela poderia ser celebrada por todos como uma conquista comum. Mas cadê o noivo? Cadê o irmão do noivo? Logo depois do jantar, quando os convidados se dividiram em pequenos grupos e continuaram degustando em pé os vinhos que os garçons não paravam de servir, os dois tinham desaparecido na casa enorme.

A noiva, sim, continuava à vista. À vista e linda, debaixo da atenção e dos paparicos de todos que passavam. Ela usava um vestido creme, quase branco, que prenunciava a cerimônia do dia seguinte sem a antecipar. Isso seria uma gafe, um pecadilho da ansiedade juvenil, e a Marcela era sempre dosada, equilibrada, mesmo — como eu descobria naquela noite — quando estava eufórica. Passei ao seu lado, trocamos dois beijinhos no rosto porque as circunstâncias pareciam exigir isso de nós, e ela me deu o seu melhor sorriso. Era como se dali para a frente nós duas pudéssemos ser mais do que sogra e nora, como se pudéssemos ser confidentes. Mas eu sabia que era uma ilusão de momento. Não apenas a distância física se imporia entre nós. Ela pertencia ao mundo da arte, e eu não pertencia exatamente a mundo nenhum. Ela participava da vida carregando certezas e autoconfiança, eu me esgueirava pela vida entre dúvidas e questionamentos. A nossa relação seria formal, correta. Não que houvesse mal nisso. Pelo olhar da Marcela, eu podia dizer que ela ou não tinha se dado conta do sumiço do seu noivo, ou conhecia o seu paradeiro, ou não dava a menor importância a isso. Eu é que não perguntaria nada. Eu nem sabia ao certo por que eu estava atrás dele e do irmão, mas, como mãe, achei que poderia estar acontecendo alguma coisa.

Imaginei o Vicente abraçado a algum amigo, com um drinque na mão, se perguntando se casar com a Marcela era mesmo o que ele queria para a vida. Imaginei o Cláudio, que estava sozinho pois a Júlia por algum motivo não pôde viajar para Fortaleza, já recolhido no seu quarto de hóspedes no segundo andar. Imaginei o Vicente fazendo coisa pior do que alugar um amigo para desesperos de última hora. Imaginei o Cláudio caminhando sem rumo pela praia. Não era nada disso. Acabei encontrando os dois juntos, sentados num banco de madeira, num canto do quintal da frente. O Vicente falava com ímpeto, o Cláudio mantinha a cabeça baixa. Fiquei observando de longe por um tempo, escondida atrás de uma pilastra, mas o Vicente logo me viu e me chamou.

"Mãe, vem me ajudar. Você vai ter que concordar comigo. Normalmente não concordaria, eu sei, mas não estamos numa situação normal. Eu tô aqui convidando o Cláudio a fazer uma coisa que ele deveria enxergar como um motivo de honra, mas, olha aí," o Cláudio balançava a cabeça, "ele se recusa a aceitar."

O Vicente contou que o Ariano, pai da Marcela, tinha cochichado no seu ouvido, naquela noite, que pediria a palavra no final do jantar de casamento, para fazer um brinde em homenagem aos noivos. O Ariano disse que não achava necessário dar esse alerta, que o brinde era algo que fazia parte "dos conformes" e que todos esperavam. Ele sabia que o Vicente já teria alguém escalado para "fazer um floreado, *tim-tim-tim* na taça e que sejam felizes para sempre". No entanto, a insistência da mulher fora tanta que o Ariano tinha achado melhor ceder e dar aquele aviso.

"Dado o recado," o Vicente continuou, "o Seu Ariano me deu um tapa amigável na nuca e saiu, me deixando esse drama nas mãos. Porque eu não tinha nem pensado em brinde. A Marcela e eu temos ido a tantos casamentos, lá no Rio, aqui em Fortaleza, e nunca vimos ninguém puxar um brinde de homenagem. Mas o Seu Ariano é muito conservador. Ou então é influência do tempo que eles viveram nos Estados Unidos, não sei. Só essa história de forçar um *jantar* de casamento, e não uma *festa* de casamento, já é coisa do pessoal de lá, segundo a Marcela. Acham festa um troço de baixo nível. Gente civilizada, pra eles, celebra conversando e comendo sentados, não pulando embriagados numa pista de dança."

O Cláudio riu de leve. O Vicente apontou para ele. "Esse é o único cara que pode me salvar, mãe. O único que pode dar alguma dignidade do nosso lado, que pode equilibrar pelo menos em parte o discurso que o Seu Ariano vai fazer. Não se deixa enganar pelo jeitão bronco do Seu Ariano, mãe. Ele vai falar de um jeito que vai emocionar metade dos convidados. Todas as senhoras com mais de 50, todas as tias da Marcela vão estragar a maquiagem. Isso aqui vai virar um *Halloween*. Não tô cobrando que o Cláudio chegue nem perto disso. O estilo é outro, e isso é bom. Equilibra. Umas palavras breves, formais, protocolares, educadas e de bom tom. É disso que a gente precisa, é isso o que o Cláudio pode entregar. Se não for ele, você sabe quem vai querer falar por nós."

"Quem? O tio Koda?"

"Tá vendo como é óbvio?", o Vicente cutucou o irmão.

"Ele não é tão impróprio assim," eu rebati. Tio Koda era o marido de uma prima distante minha, um descendente de japoneses que não tinha nada de oriental no temperamento. Era exagerado, intrometido, gargalhante, e se sentia mais parte da família do que nós mesmos, parentes de sangue. Eu até gostava dele, da espontaneidade, da capacidade de preencher o ambiente com histórias e humor. Nem por isso a ideia de o tio Koda tomar a palavra no jantar de casamento me agradava. Só que eu queria proteger o Cláudio, a quem eu sabia mal equipado, de natureza, para se encarregar de um brinde ou de qualquer discurso. "O tio Koda tem um bom senso de humor, deixa ele falar," eu sugeri.

"Tem, sim. Primeiro você ri, depois fica com raiva dele e por último acaba com nojo de si mesmo."

"Não seja tão cruel, meu filho."

"Não é pra ser um momento de piadinhas, mãe. Amanhã, assim que o Seu Ariano terminar, e o tio Koda perceber que ninguém do nosso lado tomou a iniciativa, ele vai tilintar a taça e desembestar a contar alguma história mesquinha, alguma história sórdida. É o meu casamento, mãe, ca-sa-men-to, e esse aí" — apontou para o Cláudio — "se recusa a ajudar."

"Não levo jeito pra essas coisas," resmungou o meu caçula.

"Que coisas? Ajudar os outros?" Só o Vicente riu.

"Falar em público não é comigo. Ainda mais sobre assuntos pessoais."

"Não, não, não. Nem vem. Falar em público, como motivo pra fobia, é batido. É superestimado. E você leva jeito pro negócio, sim, que eu sei. Pode não gostar, apesar de eu suspeitar que no fundo gosta, mas que leva jeito, leva." Eu não sabia de onde o Vicente estava tirando isso. Imaginei que tivesse presenciado ou ouvido falar de discursos feitos pelo Cláudio no trabalho, dentro da empresa ou representando a rede de hortifrútis.

O Cláudio balançava a cabeça. "Eu acabaria falando besteira, contando algum segredo, escolhendo a história errada pra simbolizar alguma qualidade sua. O momento pede umas palavras leves, sim, se possível engraçadas, no mínimo espirituosas. Isso eu não sei fazer. Se eu tentasse, seria só gafe."

"Você não precisa fazer rir. Pode comover também. Tão bom quanto ou melhor. Ia acompanhar o brinde do Seu Ariano pela semelhança."

"Ele vai fazer rir também."

"Você não precisa fazer os dois. Não é uma competição."

"Talvez não seja, mas de qualquer maneira existe o fracasso."

"Não. Tem que ser você. Ninguém me conhece melhor. Ninguém tem mais representatividade — não, vamos falar em português claro, ninguém tem mais moral pra falar em nome da família do que você. E tem que ser um homem pra falar. Não poderia ser a mamãe. O brinde é um lance masculino. Pelo menos eu acho que é. Tem que ser você. Ou então vai acabar sendo o tio Koda. Tá com medo de cometer uma gafe? Então se prepara para se chocar com uma gafe muito pior, se prepara pra talvez ser você mesmo, e eu, alvos da gafe. Vem aí o brinde das presepadas."

"Se eu fosse outro..."

"Você já é outro."

"Não é como eu me sinto."

"Pô, o que você quer? Sei lá, quer que eu te prometa algo em troca? Que tal?"

"Não é isso."

"Eu faço o brinde no teu casamento."

"..."

"Eu pago penitência pelos meus pecados."
"..."
"Fechado?"
"Parou."
"A Marcela pinta uma tela exclusiva pra sua casa."
"..."
"Melhor ainda: pro sítio em Ararampava."

O Cláudio abanou a mão. "A gente não deve brincar com promessas por tão pouco."

O Vicente parou. Parecia cansado, parecia ter desistido. Talvez estivesse apenas jogando com os sentimentos do irmão. Minutos se passaram em meio ao nosso silêncio. De onde estávamos, ouvíamos a algazarra indiferente que prosseguia no quintal de trás.

De repente, o Cláudio bufou e deu um tapa na própria perna. "Eu faço, Vicente. Chega disso."

O Vicente se levantou, aliviado, chamou o irmão, e os dois seguiram abraçados de volta para os fundos da casa.

"Vem, mãe." Mas eu não fui.

No dia seguinte, no fim da tarde, estávamos todos reunidos novamente, agora na faixa de areia que servia a um pequeno, mas luxuoso hotel, à beira de uma praia de Fortaleza. Sobre um tablado de madeira, haviam montado uma mesa de drinques e uma mesa de petiscos frios. Os convidados iam de uma a outra, e garçons serviam cumbucas de comida quente e salgadinhos. O Vicente e a Marcela davam atenção para amigos e familiares, enquanto os pais dela zanzavam para dentro e para fora do hotel, organizando os últimos detalhes e ditando o andamento do jantar.

Quanto a mim, entre palmeiras que se erguiam, de um lado e de outro, delimitando a faixa privativa de areia, diante das águas esverdeadas que se agitavam ao embalo de uma trilha sonora tropical, sob o crepúsculo que tingia de laranja o horizonte, eu me sentia rodeada por circunstâncias deslumbrantes, às quais, no entanto, eu não conseguia me entregar. Eu sentia falta do Antero. Sem a sua companhia, eu sempre me sentia deslocada. Eu sorria para quem passava, sustentava as conversas que me propunham, beliscava e bebericava para transmitir uma ideia de ocupação e de conforto, mas em segredo levava a cerimônia adiante com um quê de impaciência.

De repente, eu me dei conta de que o Cláudio estava demorando muito. Ele tinha entrado no hotel para usar o toalete, mas já havia passado tempo suficiente para ele ter tomado um táxi até o aeroporto e comprado uma passagem de volta para o Rio de Janeiro. Terminei o meu *screwdriver* e fui atrás dele. Eu o achei no saguão, no primeiro lugar em que procurei. Sentado numa banqueta do bar, ele pedia à atendente "mais um, com aquela outra garrafa". Ela arrumou o cabelo atrás da orelha e pegou um copo limpo para preparar o pedido.

"Não tem esse drinque lá fora?"

"Ouvi dizer que aqui no bar é que fazem o melhor gim-tônica." Ele sorriu para a atendente, que não sorriu de volta.

"Toma lá fora com todo mundo, pelo menos."

"Ouvi dizer, não... tô experimentando no meu próprio copo e vendo com os meus próprios olhos que aqui no bar é que se faz o melhor e mais..." A atendente pôs a taça sobre a mesa, séria, mas não incomodada. "...gracioso..."

"Você não sabe mais o que tá falando."

"Mas vou saber daqui a pouco, graças a isso aqui." Num gole, ele deu cabo de mais da metade do drinque.

"Vamos tomar um bom copo d'água," eu acenei para a atendente, que abriu a bica, "e sair daqui. O Vicente não pode te ver fazendo isso. Pode desestabilizar o seu irmão, que finalmente tá calmo e animado lá entre os convidados." Eu peguei o copo. "Vamos."

O Cláudio não se mexeu. "Ele que quis assumir esse risco. Tentei negar, ele insistiu. A culpa é dele."

"O Vicente confia em você."

"Louco."

O Cláudio bebeu o restante do gim-tônica e girou na banqueta até ficar de frente para mim. Achei que ele tinha aceitado a ideia de voltar para a faixa de areia, voltar para encarar o que precisava ser encarado. Mas ele apenas tomou o copo d'água da minha mão e, enquanto sorvia o seu conteúdo de uma forma grosseira que não combinava com ele, pediu outro drinque à atendente. Eu não queria bater boca com o meu filho. Tampouco queria ficar de plateia para criancices. Saí do saguão, esperando o pior.

Já havia escurecido. Na mesa de petiscos frios, não sobrara nada senão uns pequenos sanduíches triangulares que não deviam ter agradado. Os garçons, que antes levavam salgadinhos e quitutes quentes, estavam agora enfileirados perto das palmeiras, observando o movimento e o burburinho dos convidados. Atrás da mesa de bebidas, dois coqueteleiros preparavam e distribuíam uns drinques coloridos que haviam de ser puro álcool e açúcar. O Vicente, a minha futura nora e o seus pais seguravam cada um o seu copo extravagante. Ao me ver, o Seu Ariano assobiou alto e disse com o seu vozerio: "meus queridos, vamos comer". Não senti exatamente que estavam me esperando. Senti que a minha chegada tinha lembrado o pai da Marcela de que era preciso avançar no cronograma da cerimônia. Os copos foram largados pelos cantos, e um deles, apoiado sobre a mesa com desleixo por alguma mão embriagada, tombou e fez derramar o drinque sobre os sanduíches. Um garçom correu com um pano para arrumar a bagunça, enquanto todos contornávamos o hotel até a ampla varanda onde comemoraríamos o matrimônio do meu filho.

Já estávamos terminando a entrada — uma delicada porção de linguine com vieiras — quando o Cláudio, alertado não sei por quem, apareceu na varanda e tomou o seu lugar à mesa. A meia distância, enquanto eu ouvia a mãe da noiva falar e falar sobre os móveis que tinha ajudado a filha a escolher e sobre outros mínimos detalhes da casa nova, fiquei espiando o comportamento do meu caçula. Degustamos o prato de lagosta ao molho de moqueca com chips de banana da terra — delicioso —, degustamos a sobremesa de torta de limão desconstruída com *crumble* de amêndoas — estupenda —, e o Cláudio ora baixava a cabeça, parecendo cochilar, ora tentava se concentrar no que uma irmã bondosa da Marcela lhe contava, com pouco sucesso, ora passeava os olhos embaçados pelo conjunto dos convidados, como se buscasse medir alguma coisa. Temi por ele, pelo Vicente, por todos nós. O que me dava um tantinho de alento é que, pelo menos à mesa, ele não bebeu mais. Não pediu nenhum outro gim-tônica aos garçons e recusou, inclusive, as insistentes ofertas de vinho tinto e branco. Com o olhar, tentei consultar o Vicente sobre a situação, mas ele estava euforicamente distraído — nas poucas vezes em que notou o meu pedido de atenção, não me compreendeu. O Cláudio não estava bebendo mais, eu confirmava e reconfirmava, porém isso era pouco, era tarde, ele continuava mal. Era, sim, de se esperar o pior. Na minha cabeça, comecei a montar uns esboços de frases de congratulações, para assumir as rédeas do brinde na hipótese de o Cláudio falhar.

Chegamos à etapa dos licores, e reparei que o Ariano acompanhava com atenção cada gesto dos garçons. Quando se certificou de que todos os convidados tinham sido servidos, deu as proverbiais batidinhas com um talher na taça e pediu a atenção das mesas. Nada do que ele disse ficou preservado na minha memória. Recordo, apenas, de que as gargalhadas dos convidados subiam e desciam como se orquestradas, de que o discurso às vezes era interrompido por urros e assobios isolados, de que mais de uma senhora levou a mão ao rosto para enxugar o canto dos olhos. Enquanto o pai da Marcela conquistava a audiência, eu mantinha a minha atenção fixa no Cláudio. Em nenhum momento ele olhou para o Ariano. Ficou o tempo todo de cabeça baixa e não ria quando os outros riam, não aplaudia quando os outros aplaudiam, não exprimia qualquer sentimento, salvo, para quem o conhecia bem, o de desespero. Mesmo a certa distância, notei que uma veia do seu pescoço estava saltada. A cor do seu rosto tampouco era boa. Temi que ele não se levantasse quando o Ariano terminasse o seu brinde, ou temi que ele sim se levantasse, mas apenas para deixar às pressas o salão e se refugiar nos seus medos. Debaixo da minha preocupação, tentei de novo organizar algumas frases insossas e polidas caso eu tivesse de tomar a frente do brinde em nome da família. *Eu quero dizer que estamos muito felizes com o casamento do Vicente com a Marcela.* Não, não. *Agradecemos aos pais da noiva por organizar uma festa tão bonita.* Não, não. *Nós ficamos honrados que a nossa família esteja se unindo a de vocês e esperamos que os frutos dessa união venham logo.* Não, não, eu não ia conseguir. Olhei para o Vicente. Ele estava largado na cadeira, segurando a taça de vinho com um ar bobo no rosto, rindo de alguma piada que o sogro fazia, completamente desligado do drama que se avizinhava.

Uma salva de palmas, entremeada de assobios, coroou o brinde do Ariano, que se sentou esticando os braços, convidando a nossa família a tomar a palavra. O Cláudio se levantou num pulo. A sua expressão era neutra, uma expressão vazia, treinada, que havia de ser a sua expressão de escritório. No entanto, eu sabia, pela veia que pulsava no seu pescoço, que manter aquela neutralidade exigia um esforço enorme. O Cláudio se esqueceu de bater na taça, e os convidados, ainda alvoroçados sob o efeito do brinde do Seu Ariano, demoravam a se dar conta de que ele estava em pé. O Cláudio sorriu, mas era um sorriso tenso, não genuíno, e eu desejei dentro de mim que ele retornasse à expressão de escritório. Quem o acudiu, batendo na própria taça, foi o tio Koda. O Vicente, com uma cara de terror, fez menção de se levantar, mas imediatamente o Cláudio deu um sonoro "boa noite" para conter o perigo. Um farfalhar de cadeiras se arrastando e de conversas sendo interrompidas agitou-se no ar, que então se amansou num silêncio expectante.

Daí por diante, o que ouvimos foi uma coleção de frases corretas, mas sem peso. Nada equivocado, nenhuma gafe, um discurso na verdade bastante respeitável. Só que não suscitava qualquer arrebatamento. "Tenho certeza de que muitos da minha família queriam estar no meu lugar. Quem não gostaria de poder expressar, em nome de todos, a admiração que sentimos pelo Vicente?" Coisas assim. Ou também: "A união do Vicente com a Marcela faz renovar dentro nós o sentido de lealdade, de família e de continuidade". Protocolar, formal, distante dos riscos, honrado. O percurso normal teria sido levantarmos as nossas taças, batermos palmas, cortarmos o bolo, prosseguirmos com a festa, nos esquecermos do discurso. No entanto, conforme o brinde avançava, uma tensão parecia tomar conta de todos na varanda. O rosto do Cláudio foi ficando cada vez mais vermelho conforme ele desdobrava as suas frases, as suas orelhas se tornaram dois embrulhinhos rubros, a sua veia no pescoço pulsava em desespero. A voz dele foi ficando ofegante, apagada, como se ele estivesse discursando em meio a uma provação física. A sua expressão facial foi se desmanchando de um jeito que sugeria um desmaio iminente. De novo, temi o pior. Mas ele conseguiu levar o brinde até o fim. "Eu desejo aos noivos, agora marido e mulher, uma vida de alegrias."

Havia uma aflição no ar, um misto de preocupação e constrangimento. Assim que o Cláudio se sentou, o tio Koda se levantou, mas, antes que ele pudesse falar qualquer coisa, o Vicente puxou uma salva de palmas. "Hora de ver quem vai receber o primeiro pedaço do bolo!", ele gritou, antes que as palmas esmorecessem.

"Isso aqui é casamento, não é aniversário, não, doutor!", alguém da família da Marcela berrou.

"Abram a listinha do bolão!", o Vicente insistiu, chamando os convidados para a mesa redonda onde o bolo de três andares se erguia, branco, branco, branco, com detalhes em glacê nas beiradas e um casal em miniatura fixado no topo. O tio Koda se juntou ao fluxo, conformado.

Quem não seguiu o fluxo foi o Cláudio. Estávamos todos recebendo dos noivos os nossos pratos de bolo, elogiando a massa de pão de ló e os recheios de ganache de chocolate amargo e de doce de leite, pegando nas bandejas as nossas taças de champanhe e brindando e entornando tudo, e enquanto isso o meu caçula permanecia isolado à mesa, balançando a cabeça numa conversa consigo mesmo. A mãe da Marcela me chamou para uma foto, e outra, e outra, e, quando fui liberada, o Cláudio já tinha saído. A essa altura, a maioria dos convidados já estava de volta à faixa de areia, transformada numa pista de dança. Debaixo das luzes multicoloridas que pintavam e repintavam os corpos em movimento, em meio à fumaça artificial que produzia uma estranha sensação de frescor, sentindo as caixas de som vibrarem dentro do meu ouvido, dentro da minha cabeça, levando e dando um pisão atrás do outro, eu procurei o Cláudio — mas só para não dizer que não procurei. A esperança era pouca, o cansaço era grande, a saudade de casa, uma infinidade. Um parente da Marcela passou e me entregou um drinque azulado com a borda coberta de sal ou açúcar. Aceitei no susto, e ele seguiu adiante, enfiando-se no meio dos convidados e agitando os braços. Saí da pista para que ninguém esbarrasse no meu drinque e derramasse tudo sobre o meu vestido. Na areia, ofereci o copo à primeira moça que vi, e ela abriu um sorriso, soltou um *uhuuu* e virou quase tudo num gole só. Decidi dar um tempo. Tirei os sapatos e fui caminhar à beira do mar, deixando que a água morna banhasse os meus pés sobre a areia firme. Andei um tanto e topei com o Cláudio. Ele estava com a barra da calça arregaçada, as pernas enterradas na areia até o meio da canela. Não soube ao certo se eu devia respeitar o seu desejo de solidão ou o acalentar com a minha companhia. O que fiz ficou no meio do caminho. Parei ao seu lado, dei nele um abraço forte, contei cinco ondas e me virei para retornar ao casamento. Eu já tinha deixado algumas pegadas na areia quando o Cláudio comentou, por sobre o borbulhar das águas:

"Eu não consigo fazer tudo, mãe, ninguém consegue. As coisas não funcionam assim."

"Eu sei." Esperei um pouco, mas ele não disse mais nada. Segui de volta à pista de dança, onde aguardaria pelos cantos até o último convidado partir, conforme se esperava de mim.

17

Um alvoroço no meio do meu sono. Um ruído agudo, entrecortado, insistente. Um clarão preenchendo as cortinas do meu quarto e se apagando. O portão da garagem correndo sobre os trilhos, as luzinhas branca e laranja de alerta piscando, alternadas. Saltei da cama, espiei pela janela. Um carro branco, bem pequeno, entrava na casa e estacionava, sob os olhares do Seu Evanildo. Um homem saiu do carro, no escuro, as luzes do quintal permaneciam apagadas, deu um abraço no caseiro, falou qualquer coisa, bateu no seu peito e riu. Meio agarrados um ao outro, os dois caminharam e contornaram a casa, mas eu não conseguia ver o seu rosto.

Uma visita para o Seu Evanildo e para a Dona Almerinda? Isso era estranho. Nunca tinha acontecido, pelo menos não na minha presença. E os dois não tinham avisado nada? Bom, podia ser inesperada. O horário levava a crer nisso, a buzina levava a crer nisso, embora as maneiras do homem, ao sair do carro, não sugerissem nenhuma urgência, nenhuma gravidade. Inesperada ou não, que liberdade era aquela de deixar que estacionassem do lado de dentro? Não era o jeito dos caseiros.

A porta dos fundos da casa se abriu, e tive medo, o medo de quem mora no interior e é despertado no meio da noite.

"Ah, mas como tá bonito o sítio!" De imediato reconheci a voz do Vicente, poderosa e ao mesmo tempo jovial, que atravessou os ambientes da casa e veio inesperadamente me afagar no meu quarto. "É como pisar no passado, entende?, ah, se é. Cadê a mamãe, Seu Evanildo? Já tá dormindo?"

Vesti o roupão e corri para ver o meu filho.

"Não briga comigo, mãe."

Eu não o via desde o velório do Cláudio, meses antes. Não era tanto tempo assim, mas os cabelos dele pareciam um pouco mais grisalhos, o olhar um pouco mais caído. Por outro lado, o pior período do luto tinha ficado para trás, e o seu rosto tinha recuperado o sorriso arrebatador; a sua compostura, a vitalidade de sempre.

"Que história é essa de dormir cedo? Só mesmo a calmaria de Ararampava pra operar essa proeza, hein?"

"Calmaria nada. Se chama solidão."

"Não fala assim, mãe, que eu te levo comigo pra Fortaleza."

Eu sorri. "O meu destino é aqui."

"Nem começa. O que vocês põem na água desse lugar, Seu Evanildo?" Ele se virou, mas o caseiro já tinha saído silenciosamente e se recolhido na casinha dos fundos. "Vou mandar trocar essa caixa d'água, a tubulação desse vilarejo todo, se for preciso. O seu destino não tem amarras, mãe."

Balancei a cabeça. Lutei para segurar um bocejo e olhei para o relógio. Onze e meia da noite.

"Desculpa. Nem pensei que os seus hábitos poderiam ter mudado tanto aqui na serra."

"Talvez não tenha sido a serra."

"Claro."

Comecei a preparar um sanduíche de queijo minas, peito de peru e tomate seco para ele.

"Sem o tomate, mãe, por favor."

"Sério?"

"Muito temperado pra essa hora."

"Não imaginei que Fortaleza pudesse ter mudado você assim."

"Fortaleza, não. Fraqueza."

Eu experimentei um tomate seco.

"É daquelas coisas," ele disse. "Não avisar parecia uma ideia tão boa na minha cabeça. Infantilidade. Vim fiscalizar uma obra no Rio e achei que era uma oportunidade de fazer uma surpresa e passarmos um fim de semana aqui como antigamente."

"Infelizmente, isso não é possível."

"Mal cheguei aqui no sítio, já tô vendo como isso é óbvio."

Por reflexo, olhei para a cadeira vazia entre nós. "E a Marcela?"

"Não pôde vir."

"Ou não quis?"

"Não pôde. Foi chamada a participar de uma mostra numa galeria perto de Fortaleza."

"E as crianças?"

"O mais novo ainda mama, a mais velha é muito agarrada à mãe, eu não tinha ninguém pra olhar os dois no Rio, você sabe."

Concordei.

O Vicente passeou o olhar pela cozinha. Em seguida, esticou o tronco para espiar a sala. "Dá pra sentir que a casa tá bem cuidada. Conseguiu dar essa revitalizada só nesses meses, mãe?"

Ele já não se lembrava direito do sítio, mas eu não ia contrariar a sua ilusão. Não faria sentido arrumar uma conversa que eu não queria ter. "Eu mesma."

"Uau. Então pretende ficar aqui de vez?"

"Me sinto menos sozinha aqui do que no Rio."

"Não é possível."

Dei de ombros.

"A Júlia? O Tomás!"

"É... não é tão frequente."

"Entendi. Bom, a casa tá linda. Deixa eu ver." Ele deu uma rápida volta pelo térreo, acendendo e apagando as luzes, foi até a varanda e retornou. "É, continuo achando que não enxergo o que vocês sempre enxergaram aqui. A minha visão é a pobre visão de um engenheiro. Sempre acho que tudo poderia ser reformado, feito de outra maneira, que sempre dá pra melhorar... Mas que tá tudo muito agradável, tá. Aconchegante."

"Não é só isso."

"Sei que não. Eu é que não alcanço a poesia desse lugar."

"Não tem nenhuma poesia."

"Alta filosofia."

Entreguei o sanduíche para ele. Ficamos em silêncio uns instantes, enquanto ele comia.

"Eu tenho feito descobertas aqui," eu disse.

"Ah é? Boas ou ruins?"

"Ainda não sei."

"Acha que um dia vai saber?"

"A gente sempre acaba sabendo..."

"Okay."

Achei que o Vicente ia perguntar sobre as descobertas, mas ele baixou a cabeça e se concentrou no seu sanduíche. "Isso aqui tá uma delícia, mãe."

"Tão simples."

"Mas você juntou tudo de uma maneira que só uma mãe consegue."

"Bobo."

Ele se espreguiçou. "Quem sobe serra quer rango e depois quer cama."

Subimos ao segundo andar, e eu abri para o meu filho a porta do quarto que sempre tinha sido dele.

"Nossa. Deve ter pelos cantos algum pacote de Doritos que eu larguei pela metade na última vez que dormi aqui. E olha que faz tempo, hein? Que preservação. Podemos colocar uma plaquinha aqui na frente, com informações sobre mim, e abrir pra visitação."

"Primeiro você tem que ficar famoso."

"Não deseja o meu mal, mãe."

Dei boa noite e o deixei descansar.

No dia seguinte, quando desci para o café da manhã, o Vicente já estava de pé, andando sozinho de um lado para o outro do quintal. Ele parava, parecia pensar em qualquer coisa, e voltava a andar.

"Tanto tempo que eu não via o Seu Vicente," a Dona Almerinda comentou comigo, enxugando as mãos no pano de prato. Ela acompanhava os passos do meu filho com um olhar triste.

"O que que ele tá fazendo?"

"Não faço ideia, Dona Francine. Pediu café quando desceu, tomou umas três xícaras cheias, e acho que agora tá gastando a energia extra."

Ele tinha acordado transformado naquele dia. Dentro de casa, ele também caminhava meio a esmo, estacava diante de objetos — uma fotografia, um quadro, um brinquedo velho —, começava a falar qualquer coisa truncada, desistia, tornava a andar. Um pouco antes do almoço, ele pegou um pequeno buda de pedra que servia de anteparo na estante da sala, bufou com deboche, e fez um comentário ininteligível sobre o irmão. Eu o chamei para dar uma volta pelo vilarejo, que ele não via fazia tanto tempo. Ele recusou, dizendo que queria, sim, dar uma volta, mas pela mata, não pela cidade, e sozinho. Não dava para entender por que ele tinha aparecido de surpresa para passar o fim de semana comigo, se era para ficar isolado e emburrado. Ou melhor, talvez desse, sim: supus que tinha bastado uma noite para ele se arrepender da viagem. Fazia décadas que ele não vinha a Ararampava, e havia de ter um motivo. Talvez ele houvesse presumido que as décadas de ausência apagariam o que o irritava ou o aborrecia na serra, e havia presumido errado — o vilarejo onde ele tinha passado tantos fins de semana e férias da infância e da juventude continuava a transmitir para ele as mesmas mensagens insuportáveis, nunca poderia transmitir outra mensagem, era inútil qualquer esforço.

Ele retornou ao sítio no meio da tarde e disse que já tinha almoçado. Perguntei se tinha ido ao restaurante do Gutão, e ele respondeu que não, que tinha comido "mangas, goiabas, amoras, castanhas da mata, coisas assim". Não acreditei. Voltei a insistir que fizéssemos um passeio juntos pelo vilarejo. Depois de mais algumas xícaras de café, que a Dona Almerinda lhe serviu, ele aceitou. Fomos quietos, e eu o arrastei até a lojinha de artesanato. Eu queria que ele levasse uma lembrança para a Marcela e disse que ele podia me ajudar a não errar na escolha. Ele bufou e comentou que era impossível agradar um artista, que ele era tão incapaz de prever o que cativaria a esposa quanto qualquer outra pessoa. Para sair da mesmice e tentar agradar pelo inesperado, acabei comprando um tacape bem colorido de pendurar na parede, que tinha a vantagem, segundo o Vicente, de ter uma utilidade prática caso a Marcela não o aprovasse — ele se ofereceria no meu lugar para a punição.

Como tudo o mais naquele fim de semana, foi esquisito andar com o meu filho pela rua central. As pessoas com quem esbarrávamos olhavam para o Vicente de esguelha, e eu não entendia bem o motivo. Ele pouco se importava. Apesar do mau humor, fazia "ôôôôôp", acenava, dizia o nome da pessoa quando recordava de quem se tratava. Só não era correspondido. Imaginei que não se lembravam mais do meu primogênito, depois de anos de ausência; pensei que alguns, tendo chegado recentemente, não o conheciam mesmo. Ainda assim, as reações pareciam conter mais do que apenas o estranhamento de ver um desconhecido ou de *me* ver acompanhada por um desconhecido. Quando a única funcionária do bar da Ruiva passou por nós — uma senhora que já trabalhava no bar quando nós chegamos a Ararampava e que, pelo andar das coisas, ainda estaria trabalhando lá quando tivéssemos todos partido de vez — foi que entendi o que estava acontecendo. "Ah, é o senhor, Seu Vicente," ela disse, sem deter o passo, depois de cruzar conosco, "benza Deus. Por um instante achei que eu estava vendo quem a gente já não consegue ver. Não nesse andar daqui." Ela deslizou a palma da mão, deitada, no ar, e depois apontou para o céu. Era isso. Estavam todos vendo o Cláudio no Vicente. Olhei para o meu filho. Era impressionante mesmo, e eu nem tinha me dado conta. A semelhança física, que sempre existiu, de fato tinha ficado ainda mais evidente. Dois arcos enquadrando os lábios finos como parênteses, o desenho do nariz, as sobrancelhas que se uniam num v um pouco carrancudo. Os traços eram os mesmos, o que mudava era a forma como se expressavam no mundo, animados pelos temperamentos distintos. Mas isso não se revelaria num encontro rápido pela rua central. O Vicente fingia não entender o comentário da garçonete. Dali até o sítio, não topamos com mais ninguém. Fizemos o trajeto em silêncio, ele batendo de leve o tacape colorido na própria perna, eu pensando no Cláudio e desejando que fosse possível ver os dois novamente juntos, naquele plano.

Em casa, o Vicente se enfiou nos quartos, passando de um para o outro num espírito que não era mais contemplativo como o da manhã. Do térreo, eu ouvia de vez em quando uns barulhos altos vindos lá de cima, como se ele estivesse revirando os cômodos em busca de alguma coisa. Na hora do jantar, não atendeu aos meus chamados. Desceu mais tarde, quando eu lia *Uma pálida visão dos montes* no sofá da sala, esquentou o prato no micro-ondas e comeu sozinho na cozinha. Quando acabou, sentou-se ao meu lado e tomou a minha mão. A sua expressão era tristonha. Eu sentia uma imensa falta do Vicente jovial de costume e quase desejei que ele não tivesse vindo a Ararampava, se o preço era a sua angústia.

"O que houve?"

"Acho que perdi o equilíbrio. Esse lugar tem um negócio que desestabiliza a gente."

"Encontrou o que queria?"

"Eu não estava procurando nada. E você encontrou?"

"Eu? Devo estar procurando menos ainda do que você."

"As coisas é que encontram você, então."

"É a sensação que eu tenho."

"Ao mesmo tempo, é o normal, não? A gente chega, para, só a nossa presença já é o suficiente pra dar uma remexida em volta, as coisas afloram, surpreendem."

"E o que a sua presença remexeu em volta?"

"Eu não posso ajudar, mãe."

"Não pedi ajuda."

"Mas você quer entender."

"Não queremos todos?"

"Querer entender? Não deseja o meu mal, mãe."

Ele largou a minha mão com um sorriso melancólico, subiu, se recolheu no quarto, dessa vez sem agitação, sem ruído. Eu folheei algumas páginas do romance, mas de novo eu não conseguia me concentrar, e resolvi me deitar mais cedo também.

No meio da noite, acordei, sobressaltada outra vez com o barulho do portão da garagem se abrindo. Levantei num pulo, preparada para ver o carro do Vicente passando pelo vão e se embrenhando, sem volta, pelas ruelas de Ararampava, mas não era isso. O que vi foi uma mulher atravessando o quintal de cabeça baixa, casaco e capuz, passos ligeiros, abraçando a si mesma. Alguém tinha acendido a luz lá de fora para que a mulher pudesse se orientar, o mesmo alguém que a recebeu, sem grandes cumprimentos, na ponta do gramado. Vicente. Ela não tirou o capuz, mas levantou por um instante a cabeça ao se aproximar do meu filho, e eu pude constatar que aquela mulher era a Isabela.

O meu filho a levou não para dentro de casa, não para a varanda, mas para o banco que dava para o pomar. Assim que se sentou, o Vicente se pôs de pé, como se se lembrasse de alguma coisa. Sem pressa, buscou duas garrafas com dois copos emborcados nos gargalos. Uma das garrafas era de vidro e continha um líquido translúcido, vodca ou cachaça, eu supus. A outra era de plástico, e continha o que só podia ser suco de laranja. Colocou as duas garrafas no chão e foi desligar a luz do quintal. No banco, ofereceu um copo para a Isabela. Ela não aceitou, então ele serviu apenas a si mesmo.

Talvez fosse a memória do que eu tinha observado durante a adolescência dos dois, talvez fosse a fama que o meu filho carregava, talvez fosse a imagem que eu havia formado da vizinha, talvez fosse o simples ato de um homem, qualquer homem, se encontrar com uma mulher, qualquer mulher, no meio da madrugada. Havia de ser um pouco de tudo isso, e esse tudo me levou a ter a expectativa de que eu presenciaria uma cena romântica. Segundos bastaram para essa expectativa se desfazer. Enquanto a Isabela se mantinha abraçada a si mesma, com o capuz cobrindo a cabeça, o Vicente gesticulava sem parar, com um jeito inconformado. Aos rumos dos gestos dele, um tapa parecia mais provável do que um beijo. Senti um estranho alívio.

Do segundo andar, espiando atrás das cortinas do meu quarto, eu não conseguia ouvir o que o Vicente dizia. Muito devagar, deslizei a janela no caixilho. Pela fresta, entrou o ar frio da noite serrana, mas não a voz do meu filho. Os seus gestos eram enérgicos, mas o seu tom era o dos sussurros. Por um tempo, continuei acompanhando os dois, à espera de um fiapo de frase, de um movimento de aproximação ou repulsa, do fim da conversa. Mas o Vicente encheu um segundo copo, um terceiro, e nada mudava. Eu me deitei, sem coragem de fechar a janela e correr o risco de que os dois me flagrassem. Agora eu sentia frio e apreensão.

18

Quando despertei, já era manhã. Embaixo da minha janela aberta, o Seu Evanildo arranhava o chão da garagem com um ancinho, juntando folhas mortas. Na cozinha, deparei com o Vicente tomando uma xícara de café preto. Antes de ouvir a voz dele, só de olhar o seu rosto corado, eu soube que tinha recuperado uma ponta do seu bom humor. Fiquei com uma tremenda raiva disso e me penitenciei por ter me deitado na madrugada.

"Não dorme?"

Ele não se deixou levar pela provocação. Talvez não tivesse percebido que era uma provocação, embora ele sempre percebesse tudo. "Vou ter que pegar a estrada hoje à tarde. Se dormir, não consigo aproveitar o tempo que me resta."

"E aproveitou alguma coisa até agora?"

"Muito."

"Até mais do que deveria?"

"Nunca vou além do meu limite."

A Dona Almerinda nos serviu pão na chapa e compotas de iogurte com granola. Não era o que eu costumava comer no café.

"Mas isso é pra mim ou pro Vicente?"

"Sem ciúme, Dona Francine, visita é visita."

"E o Vicente é visita?"

Ele respondeu. "Ilustre."

"Mais para sem lustre."

Ele não deu bola. "O que você propõe pra hoje, mãe?"

O bom humor era irritante. Dei de ombros.

"Vamos fazer então um passeio pela mata."

"Menos perigos na mata do que na nossa rua, pelo menos."

Dei umas colheradas no iogurte sem graça e só. Quando o Vicente terminou, saímos.

A manhã estava horrível para uma caminhada ao ar livre. Uma névoa pendia sobre a grama, envolvia as copas das árvores, oscilava sobre as águas turvas do riacho como uma exalação contaminada, parecia se desdobrar céu acima numa parede de nuvens cinzas que ocultava as montanhas. O Vicente quis mesmo assim se sentar num tronco, haja bom humor, mas a madeira estava úmida, e ele desistiu. Os nossos passos grudavam um pouco no terreno argiloso. Um fruto caiu de uma árvore, uma manga bem verde que não dava vontade de apanhar. Pássaros não deixavam de cantar, mas o canto soava como um alerta.

"Se continuar assim, melhor não descer a serra hoje."

"O voo tá marcado. Uso o tacape e vou cortando o ar pelo caminho."

"Fez tudo o que queria aqui?"

"Não vinha há tantos anos, o que eu poderia querer fazer?"

"Quanto mais tempo sem aparecer, mais se tem o que fazer, o que ver, o que rever."

"Talvez."

O Vicente resvalou as mãos no ar à sua frente, como se a névoa fosse o que lhe faltava tocar na sua estada em Ararampava.

"Achei que você fosse dizer: *eu só tinha uma pessoa pra ver, mamãe*."

"Eu digo agora."

"Quem você veio ver, afinal?"

"Ué, a mesma pessoa que me pergunta."

"O mais importante é o que se faz em segredo."

"Bobagem."

"Não é. O custo do segredo. Se você paga, é porque importa de verdade."

"Se fosse segredo, você não saberia."

"Ouvido de mãe."

"Quintal de casa, luz acesa, portão que abre..."

"Escuro, madrugada, rota de fuga fácil..."

"Você conhece a Belinha."

"Ah, a Belinha."

"Como é que você a chama?"

"Não chamo."

"Que bom."

Um miquinho se dependurou no galho de uma figueira-branca à nossa frente. A névoa estava se dissipando.

"O que você queria com ela?"

"Não preciso querer nada."

"Nesse caso, um encontro é uma coisa sem cabimento."

"É uma velha amiga, mãe, você sabe."

"Os seus sentimentos não pareciam velhos."

"Amizade velha, sentimento forte, não é sempre assim?"

"Pois então, o sentimento continua."

"Mãe, você está falando como uma namorada traída."

"Eu só quero saber o que acontece ou o que aconteceu por aqui."

Ele não me respondeu de imediato. Ao passarmos entre dois pés de sapucaia, um vento frio nos envolveu de repente, efêmero como se alguém houvesse aberto e fechado uma comporta invisível.

"Você deveria ter vendido esse sítio, mãe."

"Mas é um lugar tão interessante."

"Ironia não combina com você."

"Interessante, rico de segredos. Tipo um bolso de desenho animado. Parece que não tem nada, mas se você puxa a ponta de um lenço, pode sair até uma bigorna de dentro."

"Bolso? Mais pra rodamoinho, ralo, poço, areia movediça, buraco negro, buraco de minhoca."

"Buraco, buraco. Veio pra cá tentar tapar uns buracos?"

"Vim te ver."

"E a *Be-li-nha*."

"Desisto."

"O que o seu irmão escondia aqui, eu já comecei a descobrir. Agora, o que *você* esconde aqui, nesse buraco?"

"O que você descobriu?"

"Ah, interessado?"

"Esquece."

"Nada que você não saiba."

"Isso você não tem como saber."

"Soube ontem."

Ele pegou uma folha seca no chão, observou o seu formato, jogou-a fora. As nuvens se fechavam no céu: estava ficando escuro novamente.

"Vou te contar o que eu sei, mãe. O que eu sei é que as pessoas se dividem em dois grupos."

"Ah, não."

"Deixa eu falar. Dois grupos. Um desses grupos é tão maior do que o outro, que pode parecer que existe um grupo só. Não, são dois. A maioria acha que a responsabilidade das coisas nunca é delas. Eu nem tô falando de desculpa, não, apesar de que o grupo inclui a turma dos esfarrapados também. Tô falando mais de acreditar, de verdade, que o acaso, o azar, o descuido dos outros, a burrice dos outros, a culpa dos outros, é o que levou isso ou aquilo a acontecer. Você poderia chamar esse grupo do grupo do lava as mãos. O outro grupo, tão pequeno que às vezes é como se não existisse, é o das pessoas que acham que tudo é responsabilidade delas. Tudo de *errado*, veja bem, não tudo *tudo*. Pro bem, não, pro bem existe uma grande humildade. Agora, pro mal, é como se a responsabilidade pessoal se expandisse e cutucasse tudo, tudo de ruim. Se você para pra pensar, as pessoas que fazem parte desse grupinho são as mais curiosas. Elas têm um ego ambivalente, ao mesmo tempo mínimo, inexistente, numa das suas formas, e megalomaníaco, tirânico, na outra. É uma vaidade com sinal trocado. Um negócio que eu acho engraçado é que, na juventude, é muito raro alguém não adotar a perspectiva de quem lava as mãos. Mas acontece, sim. Temos alguns meninos e meninas prodígios no grupinho da responsabilidade máxima."

"Falando desse jeito, é como se você achasse que lavar as mãos é mais admirável do que acreditar que a responsabilidade é sua quando não é."

"Nenhum grupo é admirável."

"O que é admirável então?"

"Você me diz."

"Vicente, que bobajada é essa? Você não me contou nada."

"Contei tudo."

"Sobre você? Sobre o seu irmão?"

"Sobre ele, sobre mim, sobre todos."

"Uma fábula? Um pensamento filosófico? Uma teoria furada? Não é isso que eu tô procurando."

"Você já descobriu o suficiente."

"Você nem sabe o que eu descobri."

"O que você descobriu?"

Eu não tinha a menor vontade de falar nada, mas domei a minha resistência, a minha impaciência, e contei as minhas descobertas sobre o Cláudio. Talvez isso incentivasse o Vicente a dizer o que sabia sobre o irmão.

Um ar frio tinha baixado de vez sobre nós — a comporta invisível, que antes parecia abrir e fechar, estava agora escancarada.

"Entendi."

"Entendi?!"

"Como assim?"

"Eu não esperava ouvir isso. Não esperava nada, na verdade, mas *entendi*, diante do que eu contei? Você sabia dessas coisas?"

"De algumas, desconfiava."

"Nada te espanta? O exame, o sítio secreto, a reforma, as idas pra igreja? Nada?"

"Tudo se encaixa."

"Em quê?"

Uns pingos pesados espetaram o assoalho de folhas secas, molharam as nossas cabeças, e em questão de segundos um toró desaguava sobre a mata. Corremos até o sítio, subimos para tomar um banho.

Ao descer, o Vicente trouxe a sua mala e a colocou dentro do carro alugado. A Dona Almerinda perguntou se ele não ia esperar o almoço, e ele disse que não havia mais tempo, que a pista molhada na serra tornaria a viagem mais longa do que o previsto.

Antes de o meu filho sair, questionei de novo o que era aquilo em que todas as minhas descobertas sobre o Cláudio se encaixavam. Ele girou o dedo no ar, indicando que falaria depois. Mas, no sábado seguinte, quando ele me telefonou, como fazia todo fim de semana, nenhum de nós tocou no assunto. Fraqueza minha? Mas eu sabia que ele nunca me responderia. Conversamos apenas amenidades, como se ele nunca houvesse feito visita surpresa nenhuma a Ararampava.

19

As chuvas de domingo tinham feito um estrago no quintal. Trouxeram barro das encostas, formaram um tapete de folhas mortas e encharcadas sobre o gramado, arrancaram botões de flores que estávamos cultivando havia meses. O dia seguinte, felizmente, era dia de trabalho do jardineiro. Bem cedo, eu me sentei na varanda com um bule de chá preparado pela Dona Almerinda e aguardei a chegada do Luciano. Eu levei *Uma pálida visão dos montes* comigo, mas estava escuro, eu preferi não acender as luzes, e o livro ficou fechado. Contemplando a frente da casa, a pequena rua sem saída que desembocava na mata balançada pela tempestade, vi o nosso vilarejo ser preenchido pela claridade, segundo o compasso enganosamente lento das coisas soberanas. A gradação quase imperceptível da luz, como um roçar luminoso, até que, num repente, a rua se encontrava sob o domínio imperioso do sol. Quando o Luciano apareceu e destrancou a portinha de serviço no canto do quintal, uma portinha furtiva que se abria entre um roseiral e um pinheiro ainda jovem, já não havia esconderijo embaixo do céu claro.

O jardineiro mal tinha dado um passo pelo caminho de pedra, transformado pelas chuvas num caminho de lama, e parou assustado — diante do estado do jardim, era de se imaginar, mas, sobretudo, diante da minha presença na varanda. Eu não era de acordar tão cedo. Eu me levantei, calcei as botas que tinha buscado no sótão, e fui me juntar ao Luciano no quintal. Fazia bastante tempo que eu não orientava o seu trabalho. Não era necessário. Ele era um jardineiro competente, de bom senso. Mas eu queria indicar o que ele devia tentar arrumar primeiro, o que era prioritário para mim no meu modesto lote arrasado.

Imediatamente, notei o desconforto do Luciano, um traço de insegurança ou de receio na sua postura. Dei uma porção de instruções: retirar as folhas mortas, lavar o chão com água corrente sem muita pressão, tirar um pouco da terra encharcada dos vasos de flores e misturar com terra seca, e tantas outras, que, quando concluí a última, temi que ele já houvesse se esquecido da primeira. Ordens passadas, retornei à varanda.

Abri o meu romance, mas não virei uma página. Eu me distraía acompanhando o trabalho do jardineiro, me perguntando quem era aquele homem que aceitava situações que nenhuma pessoa com brios poderia aceitar.

O curioso é que o jeito dele não sugeria em nada esse comportamento. Ele parecia mal-encarado, e não era difícil imaginá-lo violento, se provocado. Enquanto ele recolhia as folhas, a minha impressão era que os movimentos duros e a cara amarrada transmitiam certa irritação com as minhas instruções. Mas havia de ser mera matutice, eu pensei. Era tão comum que a matutice fosse confundida com hostilidade. Ou pelo menos algumas formas dela. Porque ora, um sujeito hostil dificilmente escolheria trabalhar podando arbustos e plantando flores. Um sujeito hostil dificilmente deixaria que a mulher recebesse presentes humilhantes e visitasse outros homens em plena madrugada.

Não era irritação, era mera matutice: o Luciano passou a interromper de vez em quando o seu trabalho para vir me consultar se estava tudo sendo executado ao meu contento. E havia até uma doçura no modo como ele vinha pedir a minha opinião. Um desejo de assegurar que eu ficaria feliz com o resultado, pelo valor que o resultado tinha para mim. Ou será que algo no meu jeito, talvez o simples fato de eu não sair da varanda, teria levado o Luciano a suspeitar em mim uma necessidade de companhia, de aproximação? Era estranho. Por trás do jeito bruto, caladão do jardineiro, eu estava afinal descobrindo alguma bondade e gentileza. Quando ele se achegou à varanda outra vez, para consultar quanto, mais ou menos, ele devia retirar da terra empapada, eu tive vontade de conversar com ele. Eu queria entender aquele homem. Fechei o livro e perguntei se ele tinha crescido na região.

"Cresci sim senhora, mas não aqui em Ararampava," ele respondeu meio ressabiado.

"Onde?"

"Sumidouro."

"E veio pra cá quando?"

"Ih, faz uns dez anos."

"E há quanto tempo você tá casado com a Isabela?"

"Uns dez anos também."

"E como é que você conheceu a Isabela?"

"Foi jardinando na casa deles."

"Ah é?"

"Sim senhora."

"Mas como você veio pra cá exatamente?"

Ele baixou a voz. "Bom, o Seu Evanildo não tava dando conta mais de tanto serviço, nem daqui da casa da senhora ele tava dando conta, e nisso o senhor Seu Cláudio não queria mexer, ele nunca ia mandar o Seu Evanildo embora daqui. Bom, o senhor Seu Cláudio não tava achando ninguém de confiança nas redondezas e foi aí que chegou até mim."

"Pra cuidar do jardim da casa da Isabela?"

"Eu conheci como a casa da Dona Damiana e do Seu Geraldo. Pra mim, ainda é assim. A casa é deles."

"E você não tinha ninguém naquela época?"
"Ninguém?"
"Não era casado nem nada?"
"Nunca fui casado não senhora."
"Não antes."
"Nem antes nem depois."
"E a Isabela?"
"Papel passado não senhora."
"Depois de tanto tempo, dá no mesmo, né?"
Ele ficou quieto.
"E por que nunca casaram no cartório?"
"Ela nunca quis."
"E continua não querendo?"
"Nem falo nisso mais. Compensa não. Também, tá bom assim."
"E filhos? Pretendem ter?"

O Luciano olhou para os próprios pés, fingiu se distrair com uma erva daninha que despontava entre as ranhuras do piso de pedra, agachou e, usando uma pá que carregava, arrancou o punhado verde do chão. Quando se levantou, deu de ombros, sem me olhar, balançou a cabeça e se virou para voltar a trabalhar no jardim. Tomei isso como um desaforo. Saí da varanda e fui atrás dele. Ia insistir até arrancar alguma resposta. Depois da Isabela, agora ele também com uma reação exagerada ao ouvir uma pergunta sobre ter filhos? Tudo bem que ele não me devia satisfação, mas já estava parecendo existir algo muito torto nessa história.

"Luciano, por que você não responde? Vocês não querem ter filhos?"

Ele estava tirando a terra molhada de um dos vasos de flores e jogando dentro de um saco de papel reciclável. Estava tirando muito além da proporção que eu tinha indicado a ele.

"Luciano!"

Ele parou o que estava fazendo, percebeu o seu equívoco e começou a recolher a terra no fundo do saco e colocá-la de volta dentro do vaso. Mas não me respondeu de imediato.

Por fim, interrompeu o trabalho, tirou as luvas pretas de terra e limpou o suor do rosto, que realmente estava encharcado. Li na sua expressão um ar de derrota, de humilhação, quando ele se curvou diante da minha insistência e disse, num tom de quem pedia misericórdia:

"A Isabela não pode ter filhos não senhora."

Ele largou as luvas no chão e, sem pedir licença, deixando todas as suas ferramentas espalhadas e o trabalho pela metade para trás, saiu pelo portão e se enfiou mata adentro.

Mais pelo choque do que para esperar a volta dele, eu me sentei de novo na varanda. A culpa de ter obrigado um homem feito a falar o que ele não queria... Eu me sentia uma estranha dentro de mim. Decidi que aguardaria o Luciano voltar e então sairia da varanda e entraria na casa, na expectativa de que ele pudesse entender isso como um pedido silencioso de desculpas, como uma sinalização de que ele poderia, enfim, cuidar do jardim em paz.

Ele demorou. Enquanto eu esperava, aos poucos, a despeito de tudo, fui sentindo uma espécie de alívio. A Isabela não podia ter filhos. Estéril, casa oca, ventre vazio. Coitada, mas era um fato. Pelo jeito como o Luciano tinha falado, o problema parecia ser antigo, talvez de nascença, certamente irremediável. O que parecia evidente, também pelo jeito como ele tinha falado, era que *ele* queria muito ter filhos. A impossibilidade o fazia sofrer. Será que por isso ele não levava assim tão a sério o relacionamento? Encarava a união como algo provisório? Que ela fizesse o que bem entendesse, porque assim que ele encontrasse uma moça que pudesse lhe dar os rebentos tão desejados, tão sonhados, ele partiria feliz? Talvez. Os dez anos juntos sem a formalização da relação pareciam até compreensíveis, dentro dessa lógica de que tudo era provisório. E, se a Isabela era estéril, eu me dei conta, ela nunca poderia ter enlaçado o Cláudio da forma clássica e rasteira. A própria fixação dele parecia mais razoável, já que a concubinagem não impunha tanto risco. Um alívio retorcido foi tomando conta de mim.

Mas o Luciano ainda nem tinha voltado, e o meu alívio se esvaiu. Pois não era assim tão claro, era? A esterilidade podia ser recente, podia ser adquirida. O Cláudio não necessariamente tinha estado sempre a salvo. Eu precisava descobrir desde quando a Isabela não podia ter filhos. E ia descobrir. Só que não por meio do seu pobre marido, que afinal retornou e foi cuidar, de cabeça baixa, dos vasos encharcados. De imediato, eu me retirei da varanda, dando um aceno que ele não viu ou não quis retribuir.

20

O Cláudio nunca quis ter filhos. Ou melhor, quis, sim, e encantadoramente, por um breve período da adolescência. Até um pouco antes, na verdade. Pois foi com uns 11 ou 12 anos que ele se virou para mim, quando estávamos no elevador voltando da escola, e disse que parecia um sonho viver a vida de um adulto. Ser grande, casar, estar no comando, ganhar dinheiro, "buscar o seu filho na escola e subir com ele no elevador, ouvindo alguma coisa engraçada" — me lembro bem dessas exatas palavras, porque me senti como se tivesse sido teletransportada para o sonho dele. O Cláudio ainda disse algo mais, algo conceitualmente complexo para uma criança de 11 ou 12 anos, embora em termos simples, sobre a segurança que a vida em família daria para construir coisas importantes do lado de fora, ao mesmo tempo em que o dinheiro trazido lá de fora permitiria formar, dentro da família, mais "umas pessoinhas pra continuar a história no futuro". Exausta como estava, eu não o abracei dentro do elevador, não fiz nenhum comentário de encorajamento ou de admiração, só deixei escapar entre os dentes algum muxoxo de concordância, abri a porta do elevador, destranquei a porta de casa, e segui adiante com a rotina repisada de sempre. Que arrependimento! Isso não vale nada, mas quantas vezes eu o abracei e o incentivei dentro do elevador que sobe apenas na minha memória, carregando esse momento encantado sob o meu remorso e o meu fascínio.

A valorização precoce da vida adulta durou uns bons anos, talvez toda a adolescência, mas não resistiu à entrada do meu caçula na própria vida adulta. Num jantar em família, muitos anos depois daquele papo no elevador, o Cláudio me interrompeu quando eu contava para o Antero que uma prima distante tinha dado à luz um quarto filho. "Mais uma inconveniência acontece no mundo." Ninguém entendeu, e ele explicou — ou tentou explicar. "Nascer é uma inconveniência. Cria uma consciência que vai ser obrigada a contemplar o próprio fim. Eu sei que existe um paradoxo ou uma falha lógica no que eu vou dizer, mas acho que faz sentido mesmo assim, no mínimo como um artifício argumentativo pra deixar bem clara a essência do problema." A essa altura, o Vicente já estava balançando a cabeça com um sorriso zombeteiro no rosto, eu já estava olhando preocupada para o Antero, e o Antero tinha assumido a postura meio professoral e condescendente que ele assumia quando era chegada a hora de questionar, apenas pela força da razão, sem apelo à autoridade ou à experiência, algum raciocínio equivocado de um dos filhos. Eles não aceitavam outra forma de discussão, se bem que não aceitavam nada. O Cláudio continuou: "Vocês sabem. Se alguém pudesse receber duas opções antes de passar pela inconveniência do nascimento, na verdade, antes mesmo da concepção: você quer participar desse mundo, desenvolver um entendimento sobre o que existe, sobre os limites da vida e da matéria, sobre a inexistência final do espírito, você quer vivenciar tudo de mais rico e de mais belo e de mais intenso, sabendo que um dia, por escolha sua, por um capricho orgânico ou por um acidente, tudo vai desaparecer sem deixar qualquer rastro, sabendo que a sua microperspectiva particular vai se extinguir por completo, sabendo que esse fim vai relegar tudo à mais completa irrelevância dentro da sua experiência subjetiva consciente, que é no final das contas a única que importa e a única possível, já que parte do combinado, pra entrar nesse mundo, é a impossibilidade de superar ou transcender os limites da sua caixa corporal e mental, então, você prefere isso ou prefere nunca ter que passar por esse martírio? —, convenhamos, se alguém recebe esse cardápio existencial com duas opções, e se esse alguém compreende o que as duas opções realmente significam, sem enfeites, sem ilusões, se a pessoa vai até o fundo e aceita que iscas decorativas não passam de armadilhas pra tapear a aniquilação final da consciência, bom, nesse caso, quem aceitaria vir pra esse mundo provisório e, francamente, bem idiota? É como eu disse: nascer é uma inconveniência. Essa prima gerou quatro inconveniências. Que pena, e ninguém lamentaria mais, se pudessem, do que essas quatro pobres crianças."

Eu fiquei espantada e, com o meu olhar, pedi uma intervenção do Antero. Só que ele tinha largado a sua postura professoral, tinha relaxado. Com um gesto sutil, ele indicou para mim que achava melhor deixar para lá. Não gostei, mas aceitei. Mais tarde, encerrado o jantar, ele me disse que não acreditava que ideias tão radicais e contrárias à força da vida pudessem perdurar. "Influência de alguma leitura torta, deve ser, algum desses filósofos pessimistas" ele palpitou, "só que nenhuma leitura, nenhum princípio intelectual vai conter a força do instinto." Isso soou um pouco piegas, ele sabia, e por isso me enlaçou pela cintura teatralmente. Era piegas, sim, mas parecia conter uma verdade. O discurso do Cláudio não passava de uma exposição banal do niilismo juvenil. Não era caso para darmos trela, não era caso para questionarmos.

Depois daquele jantar, o Cláudio de fato repetiu pouco ou quase nada a sua teoria do nascimento como uma inconveniência. Mas não que tivesse mudado de ideia, como o pai previa ou esperava. Eu nunca mais ouvi o nosso caçula falar da vida em família, incluindo filhos, como um ideal de estabilidade. Ele não voltou atrás. O que ele fez foi dar à sua teoria uma nova forma, domesticada, socialmente aceitável. O Cláudio passou a dizer, quando o assunto vinha à tona, e apenas quando o assunto vinha à tona, que *ele* não queria ter filhos e pronto, sem maiores explicações. Não era uma opção de vida cada vez mais comum? Não se conciliava tão bem com a imagem de um executivo ambicioso, carreira acima de tudo? Abdicar de ter filhos não era mais um sinal de egoísmo, de uma mentalidade juvenil e atrofiada. Agora, isso era visto como uma afirmação da liberdade individual, como uma demonstração de autonomia diante das pressões autoritárias dos costumes sociais. O Cláudio trocou a argumentação histriônica pela apropriação desses pressupostos modernos. Isso era mais sóbrio, combinava mais com ele. Muito de vez em quando, ele deixava escapar "que inconveniência", ou qualquer chacota do tipo, ao ouvirmos falar de algum nascimento na tevê ou numa roda de conversa. Assim eu ficava sabendo que o seu radicalismo antinatalista continuava de pé, sustentando secretamente a sua recusa a renovar a espécie.

Secretamente, exceto por uma ocasião. Uns dez ou quinze anos depois do jantar em que o Antero, o Vicente e eu fomos apresentados à teoria da inconveniência de nascer, eu ouvi do Cláudio uma nova exposição dos seus princípios. Era uma noite durante a semana, e ele tinha aparecido sem avisar no Cosme Velho. Ele não era disso, mas nessa noite nem me cumprimentou e foi direto para o bar — o bar de canto de sala que eu tantas vezes pensei em desmontar, porque mal era usado desde que o Antero tinha partido, mas que acabei não desmontando justamente porque me fazia recordar tanto do meu marido, contente atrás da bancada de madeira, manuseando as garrafas e copos, tilintando o gelo, misturando as bebidas, que ele então servia para os eventuais convidados como se estivesse levando o mais especial dos drinques. O bar acabou permanecendo e, naquela noite, agachado atrás dele, o Cláudio mexia nas latas dentro do frigobar vermelho, latas de cerveja e refrigerante que muito provavelmente já estavam vencidas havia tempo. Só que ele não encontrava o que queria. "Sem água tônica?", ele perguntou. Encolhi os ombros, porque de fato não sabia. Ele pegou uma lata de Sprite, cobriu as pedras de gelo até a metade do copo e completou o restante com uma dose de gim. "Gim-refri", ele fez uma careta, "drinque pra criança". Eu me sentei numa banqueta. Ele permaneceu em pé atrás da bancada e, a cada gole, olhava o próprio copo como se estudasse o que poderia haver de errado com o drinque.

"Eu fui tão claro com a Júlia, mãe. Desde o princípio, desde que tivemos a primeira conversa séria, antes ainda de a gente começar a namorar. Não tinha outro jeito. Era uma condição pra começar um relacionamento mais firme, eu tinha que falar. E não era arrogância minha. *Impondo condições*. Não era isso. Era mais pra proteger a Júlia. Pra que ela não se arrependesse depois. Não se perguntasse o que ela tinha feito com a vida dela, com a sua janelinha tão curta pra construir uma família."

"Ela tá te cobrando?"

Ele preparou um segundo drinque com o que tinha sobrado do Sprite. "Eu nunca quis, mãe. Eu falei com ela. Não era um ponto de negociação. Não estaria nunca aberto pra revisão nenhuma. Era uma coisa dada, um fato da natureza, um dogma. Eu falei, eu falei. Eu avisei. Eu nunca quis ter filhos e nunca vou querer ter. Nunca, nunca."

Ele amassou a lata com as mãos. "Às vezes, a sabedoria popular acerta. O mal, nesse caso, tá na raiz. A questão é não nascer, é nunca vir ao mundo. Uma vez aqui, nada mais faz diferença. Esperar o fim natural, antecipar o fim usando a violência, o que importa? A questão nem se coloca. Nascer é ser obrigado a lidar com a irrelevância da própria vida. O que você faz com ela, se aproveita, se desperdiça, se prolonga até o máximo, se interrompe com um tiro, se abandona até estragar sozinha, que diferença faz? O conteúdo da vida é irrelevante, e é exatamente por isso que todos deveriam ser poupados dessa estúpida inconveniência que é nascer."

"Tá, tá, tá... mas por que esse assunto de novo agora, meu Deus? A Júlia tá te cobrando assim?"

"Não tá cobrando, nunca me cobrou." As latas de Sprite deviam ter acabado, porque ele colocou uma dose de gim num copo vazio e a tomou pura. "O que deixa a traição ainda pior."

"Traição?! A Júlia tá grávida de outro?"

"Não, mãe. Não de outro."

"Não de outro? Ela tá grávida de um filho seu?"

Ele deu de ombros. Não pude me conter e ri de felicidade. Ele foi dar uma volta no apartamento e só voltou para trás da bancada do bar quando eu fiquei quieta.

"Meu filho, goste você ou não da ideia, agora só cabe aceitar. Aceitar que essa vida tá formada. Aceitar que tá se desenvolvendo. Aceitar, aceitar, aceitar. Deixar desabrochar, deixar que essa consciência se crie e chegue às próprias conclusões sobre o que é viver."

"Gerar um filho assim é uma grande traição, mãe. Ela prometeu que aceitava as minhas condições. Ela prometeu que nunca faria isso. Prometeu..."

"A condição que você impôs era absurda, Cláudio. Era contrária à vida, contrária à natureza, aos instintos. Se ela prometeu cumprir, foi por mera educação, ou pela paixão do momento, sem pensar muito no amanhã. Talvez achando que depois você mudaria de ideia."

O rosto do Cláudio se inflamou. Ele me fitou com raiva, um olhar que me hostilizava e me diminuía através da curta distância da bancada. "E como é que se constrói uma sociedade decente com esse tipo de filosofia, mãe? Se a palavra não tem peso, se as promessas são vazias, se a virtude é pisoteada pelo interesse próprio, como é que se constrói uma sociedade em que seja tolerável viver? Me explica isso, mãe. Me convence de que é aceitável uma pessoa descumprir o que prometeu, se essa promessa não envolve nenhum crime, nenhuma violência contra ninguém. Me convence."

"Eu não entendo essa preocupação sua, Cláudio. Uma sociedade decente... Uma sociedade em que seja tolerável viver... Por que essa preocupação com as condições da vida? Achei que eu tinha acabado de ouvir de você que é totalmente irrelevante o que acontece depois do nascimento. Matar, morrer, se matar, se deixar morrer, o que importa? Você não falou isso? E agora vem dizer que não dá pra construir uma sociedade decente se alguém se recusa a cumprir uma promessa doida? Não vê nenhuma contradição aí, não? Afinal, a vida é ou não é uma bobagenzinha que pode muito bem ser pisoteada e jogada fora, porque não tem significado?"

A raiva mais aguda do Cláudio tinha passado. Ele baixou a cabeça, balançou o conteúdo da garrafa de gim, pensou em se servir mais uma dose, desistiu. Na mesma hora, eu me arrependi das minhas ironias. "Deixando de lado o problema filosófico do nascimento," ele me respondeu, com a voz de um professor cansado, "o desprezo pela virtude é um motivo a mais, meio circunstancial mas nem por isso menos grave, que reforça a noção do nascimento como uma inconveniência. Reforça na prática, aqui e agora, no nosso mundo decaído de hoje. Esse mundo onde o imediatismo e o voluntarismo orientam tudo, criam desculpas pra tudo. Esse mundo onde não se percebe ou não se acredita que a palavra é o que fortalece as relações, é o que dá unidade e sentido à passagem do tempo. Pra mim, é uma coisa básica, mas pros outros, mesmo pra minha mulher, não é. As trocas de parte a parte, as responsabilidades de parte a parte, o tecido de deveres individuais, é isso o que une a sociedade. Não entendo como não percebem que esse tecido é que fortalece o conjunto e o indivíduo contra os desastres e os imprevistos. Sozinhos, o que somos? A presa de todas as criaturas. A pele do homem é uma casca fina. A segurança de cada um e o progresso da totalidade vêm do respeito ao que é certo. À palavra. À virtude. Se não temos isso, mais um motivo pra se perguntar: pra que existir?"

Eu tentei ser tão cândida quanto ele. "Você poderia pelo menos tentar ver essa criança como um aliado em potencial. Ninguém nesse mundo vai estar mais bem equipado do que ele ou ela pra entender os seus princípios. Talvez já venha com esses princípios embutidos. O sangue, não? Você pode não conseguir convencer o mundo todo, mas o seu filho, ou filha, tem tudo pra te entender, pra te admirar, pra te seguir nessa visão."

Ele tinha me dado as costas, apoiava o corpo apático na bancada, meneava de um lado para o outro a cabeça baixa. "Não é justo, mãe."

"Bom, por outro lado, talvez não caiba à gente pressupor que o menino, ou a menina, vai se identificar com as ideias do pai. Eu sou a sua mãe, e você não pensa como eu penso. Você não pensa como o seu pai pensava. Okay. Mesmo que eu não concorde com você, eu admiro a sua capacidade de pensar por si mesmo. Você vai aprender a admirar essa capacidade no seu filho também."

"Não é justo," ele repetiu.

"O que que não é justo?"

O Cláudio despregou da bancada e foi caminhando corredor adentro, como se não houvesse ouvido a minha pergunta. Eu insisti: "O que que não é justo, Cláudio?"

Ele entrou no seu antigo quarto e desabou na poltrona que um dia tinha sido do Antero. Eu perguntei mais uma vez: "O que que não é justo?"

"Eu não tenho o direito de ter um filho. Se um dia eu tive, eu perdi." Ele fechou os olhos, por angústia ou por esgotamento, não me respondeu mais nada, e eu o deixei só.

21

Eu ficava à espreita, bem no final da rua, na entrada da mata, aguardando que a Isabela, o Luciano e o Seu Geraldo saíssem pelo portão. Os três juntos, um depois do outro, tanto fazia, desde que as ausências coincidissem. O que não era comum, eu descobri. Pois fiquei não *um* dia à espreita, mas *muitos* dias à espreita, escondida entre as árvores, espichando e cansando a minha vista. Não havia remédio. Eu precisava falar com a mãe da Isabela. E não de qualquer jeito. Precisava ter uma conversa, com tempo, com privacidade. Eu tinha um plano para isso. Portanto, esperei.

Numa sexta-feira pela manhã, enfim calhou de a Dona Damiana ficar sozinha em casa. Toquei a campainha. Ela não atendeu, mas eu sabia que a casa não estava vazia. Eu não ia parar de tocar. Ela acabou cedendo e, ao abrir a porta, tomou um susto.

"Dona Francine?!"

O meu texto estava bem decorado. "Desculpa tocar assim de repente, sem avisar. É que é uma emergência." A Dona Damiana pôs a mão sobre o peito, empalideceu. Isso eu não tinha previsto. "Quer dizer, não chega a ser uma emergência assim, não aconteceu nada com ninguém. É uma emergência minha, ou quase isso. Bom, desesperada eu estou, e é isso que vale, né?" Também pus a mão sobre o meu peito. "É que eu vou receber umas visitas hoje à noite lá em casa, e a moça que tinha ficado de preparar os salgadinhos desmarcou de última hora. Ligou hoje de manhã dizendo que o filho de três anos acordou sem andar, acredita? Mas a voz dela estava calma, calma... Não era a voz de alguém alarmada com o estado do filho. Pra você ver o nível das desculpas de hoje em dia. Antigamente, uma ajudante não faltava nem se *ela* acordasse sem andar. Trabalho não era coisa pra se desperdiçar. Enfim, fiquei desesperada, mas aí eu lembrei que você também costumava fazer salgadinhos pra vender, não fazia? Os meus meninos adoravam a sua coxinha de frango com catupiry, nossa, era o favorito. Lembrei e pensei: por que eu não vou lá perguntar se ela não teria um tempo, hoje à tarde, coisa rápida, pra me ajudar com os salgados?"

A Dona Damiana fez uma cara de desagrado. "A senhora tá pensando em quantos?"

"Quinhentos."

"Tudo isso?"

"Não são tantas pessoas, mas é que não vou servir outra coisa. Só os salgados e uma torta de sobremesa que eu já comprei."

"Pra que horas?"

"Sete."

A Dona Damiana usou os dedos para fazer alguns cálculos.

"Se a senhora trouxer os ingredientes até as quatro, estourando, eu consigo deixar tudo pronto pra senhora, sim."

Eu já esperava que ela fosse sugerir cozinhar na própria casa. Eu não negociaria esse ponto. "Mas seria tão mais fácil pra mim se a senhora pudesse fritar lá em casa. Eu já deixei todos os ingredientes separados em potinhos, as assadeiras pra escorrer o óleo já estão na bancada, as vasilhas de servir já estão limpas em cima do aparador... É só chegar e trabalhar. O que que a senhora acha?"

"Ah, mas eu não quero me meter na cozinha da Almerinda, Dona Francine."

"Aí é que tá, Damiana. Ela e o Seu Geraldo tiveram hoje que visitar uma tia lá em Sumidouro. Parente da Dona Almerinda. Parece que teve uma recaída, a situação não tá boa. Senão, eu teria pedido a ela e não ia incomodar a senhora." Era verdade que a empregada e o caseiro não estariam no sítio naquele dia, mas eu é quem tinha dado a tarde de folga para que fossem visitar os filhos —

eles vinham falando havia algum tempo que precisavam ir a Sumidouro.

"Ah, entendi."

"Às quatro, então?"

Ela pôs a mão sobre a testa e bufou. "Melhor às três, porque não conheço a cozinha."

"Perfeito."

Ela se despediu de mim com um ar de desgosto.

Algumas horas depois, eu já estava abrindo o portão da minha casa para a Dona Damiana, que se pôs a trabalhar com uma agilidade que beirava a raiva. A princípio, fiquei zanzando em torno da bancada, fingindo interesse nos processos que ela iniciava, arrumando um ou outro utensílio, levando a louça suja para a pia. Mas ela deixou claro que se sentia desconfortável, e eu me sentei à mesa da cozinha. Deixei passar um bom bocado, assistindo quieta aos seus movimentos treinados, na expectativa de que o desconforto dela cedesse. Não cedeu, e eu compreendi que não haveria um momento ideal para fazer as perguntas que eu precisava fazer.

"Sabe, Dona Damiana, eu vou confessar uma coisa. Não me leva a mal. Quando eu voltei pra cá, depois de tantos anos, e vi que a sua filha continuava morando com vocês, eu pensei: *coitada da Damiana e do Geraldo, nunca vão poder sossegar?* Agora, já não sei. Acho que tô revendo os meus conceitos. Perdi o meu marido, perdi um filho, o outro foi morar longe, e nessa solidão aqui no sítio eu me pego pensando: *de repente, foi melhor pra Damiana e pro Geraldo assim, que companhia pode ser melhor do que a companhia da filha?* Desculpa me meter, Dona Damiana, mas já que você tá aqui, eu estava curiosa pra saber como vocês encaram essa situação..."

Ela estava mexendo a massa, e passou a mexer com mais força enquanto eu falava. "Como é que é pra nós? Não sei que importância isso pode ter. Ela ficou, Geraldo e eu demos acolhida, e é o que é. Pensar o quê? Sentir o quê? Não leva a nada."

Ela estava tentando me passar uma lição? Não acreditei.

"Tudo bem, mas e o lado da Isabela? Tem importância, não tem? O que ela fez e faz da vida dela, o que ela tá alcançando, se tá feliz ou frustrada, isso importa, não?"

Ela abria a massa com um rolo sobre a bancada — com força, com muito mais força do que o necessário. "Eu não tenho que julgar. A vida é dela, e ela fez da vida dela o que ela pôde fazer, o que deixaram ela fazer. Eu não tenho o que ficar julgando. Ganho o que com isso?"

"Mas você não acha que a Isabela poderia ter sido mais feliz, ter tido uma vida independente, ter conquistado coisas, se tivesse saído de Ararampava? Eu lembro tanto dela pequenininha, tão educada, com modos tão corretos. Eu pensava que ela ia sair daqui, que ia desabrochar lá fora, no Rio, em outra cidade grande. E você não acha nada desse futuro que poderia ter acontecido e não aconteceu?"

"Ficar matutando sobre o que nunca aconteceu só traz amargura e infelicidade, Dona Francine. Não traz solução."

"Então você acha que a vida dela precisava de uma solução?"

"Solução... Nem eu, nem ela, nem a senhora, nem ninguém é uma máquina, uma coisa, que precise de conserto. É vida, não é nada nem que se conserte nem que se estrague. É vida que se vive."

"Mas a gente pode mudar a vida que vive. Deve mudar, ou pelo menos procurar mudar pra melhor, sempre."

"Não tenho poder de mudar nada."

"E esse não pode ser o maior motivo de angústia? Não te angustia, por exemplo, que você nunca vai poder ser avó?"

A Dona Damiana interrompeu o que estava fazendo, largou o rolo sobre a bancada, me encarou pela primeira vez desde que eu tinha começado a conversa. O seu olhar irradiava revolta, talvez horror. "Que abuso."

Era difícil sustentar o olhar dela, mas eu sustentei. "Ah, é um tabu pra senhora também? Existe algum sentimento aí dentro, então?"

"Cada um dá a esse mundo a contribuição que pode dar. A minha filha já deu a dela."

Ela voltou a se concentrar na massa dos salgadinhos. Com uma faca, começou a dividir o grande retângulo em pequenos círculos a serem recheados. Quieta à mesa, eu me dei conta de que aquilo que eu havia tomado, por reflexo, como mais uma manifestação de conformismo humilde, podia ser interpretado como uma insinuação de que a Isabela já havia sido mãe. Eu não ia deixar essa insinuação se perder no silêncio do nosso desacordo.

"Como assim *já deu a sua contribuição*? A Isabela não pode gerar."

De novo, a suspensão dos gestos. De novo, o olhar horrorizado.

"Não pode, não pode... Já gerou! E não gerou logo dois de uma vez?" Ela balançou a cabeça, o olhar fixo se transformando num olhar de comiseração, de comiseração enojada. "Não dá pra aceitar que estamos tendo essa conversa. Não dá."

"A Isabela é mãe?!" Perguntei quando ela tinha dado à luz, onde estavam as crianças, quem era o pai, mas a Dona Damiana não respondia nada, não ia responder mais nada. Ela repetia consigo mesma "dai-me paciência, dai-me paciência" e continuava a trabalhar nos salgadinhos, embora nem de longe com a mesma agilidade de antes — cortava a massa, recheava, fritava, secava e arrumava, tudo com enorme desalento.

Compartilhar o mesmo espaço com a Dona Damiana, sem poder perguntar nada, sendo inútil perguntar qualquer coisa, enquanto a minha mente se desdobrava em mil questionamentos febris, foi se tornando uma agonia. E eu enxergava petulância no comportamento dela. Aquela era a minha casa, a minha cozinha, ela tinha sido contratada por mim, e um pouco de educação era o mínimo que se podia esperar, ainda que a patroa tivesse levantado um assunto que não agradava. Levantei e deixei a Dona Damiana bufando sozinha os seus "dai-me paciência".

Contornei a casa pelo quintal, e não teria me surpreendido topar com a Isabela de tocaia do lado de fora. Mas a rua estava deserta. Voltei para dentro, andei sem rumo pelos cômodos, não tinha vontade de me sentar em lugar nenhum, não conseguia cogitar parar em lugar nenhum, andava e andava para combater a força que queria me puxar de volta para a cozinha, para imprensar a Dona Damiana até arrancar respostas para as perguntas que me fervilhavam na cabeça.

No quarto que era do Cláudio, tornei a me espantar que ele nunca tivesse mexido em um detalhe da arrumação. Por que manter todos aqueles carrinhos, aquelas caixas de Lego, aqueles quebra-cabeças, aqueles soldadinhos de chumbo? Preguiça de doar? Preguiça de pôr no lixo? Com um calafrio, por um segundo cogitei a possibilidade de os filhos da Isabela — pois não eram gêmeos? — terem estado naquele quarto, terem se divertido com aqueles brinquedos velhos. Mas não, não. Os meus caseiros tinham admitido que a Isabela visitava o sítio, mas apenas ela, a sós. Nenhum dos dois jamais havia mencionado qualquer criança. O Cláudio tinha preservado a arrumação infantil do quarto por algum motivo insondável, mas não para que servissem de distração para os filhos da vizinha.

Sentada na ponta da cama do Cláudio, eu me perguntei por que a Dona Damiana tinha dado a entender que era um acinte o meu desconhecimento da gravidez da Isabela. Será que ela achava acintoso que qualquer pessoa do vilarejo ignorasse a história ou que eu, especificamente eu, ignorasse a história? Era impossível e ao mesmo tempo tão óbvio que os meus filhos, que um dos meus filhos tivesse algo a ver com aquilo. Podia muito bem ser o Vicente, que nunca mais quis frequentar Ararampava, que parecia sentir asco do vilarejo, que havia tido aquela conversa obscura e estranhamente íntima com a Isabela na sua visita inesperada. E as pessoas na rua central não tinham olhado enviesado para ele naquele fim de semana? Talvez houvessem, sim, reconhecido o meu filho e o desprezado em segredo, em maldisfarçado segredo. E, evidentemente, o Cláudio podia ter tudo a ver com aquela gravidez. Um vínculo dessa força com a vizinha poderia explicar por que ele tinha criado uma vida paralela para si, à qual nem a mulher, nem o filho, nem a mãe, nem o irmão, nem ninguém tinha acesso. Uma vida paralela e clandestina em que todo o tempo disponível era usado para estar perto da vizinha, em que todo o dinheiro disponível era usado para dar conforto a ela e à sua família.

Mas não, não. Era impossível. Se essas crianças, que eu nunca vi, fossem filhos do Vicente ou do Cláudio, alguém em algum dia em alguma oportunidade teria deixado escapar alguma insinuação, alguma pista. Ou eu teria captado algo no ar, ainda que por algum motivo tivessem tentado me poupar. Mas por que me poupariam? De qualquer forma, se essas crianças tinham vindo ao mundo, onde estavam? Onde tinham estado esses anos todos? Quantos anos tinham se passado desde o nascimento, aliás? Eu nunca tinha visto sinal de criança na casa da Dona Damiana e do Seu Geraldo. Os meus caseiros nunca tinham comentado nada. Os vizinhos, os bons vizinhos Denise e Hélio Lucena, quando me ofereceram aquele café que já parecia ter acontecido em outra vida, não falaram de nenhuma criança, apesar de terem contado tudo o que sabiam, talvez mais do que deveriam. O que se tinha passado com essas crianças? Eu precisava tirar isso a limpo com alguém.

Com alguém, mas não com a Dona Damiana. Muito menos com a Isabela. Com ninguém daquela família e ponto. Ninguém ali ia se abrir comigo, ninguém ali confiava em mim. Com o Vicente tampouco, que só contava o que queria, que parecia preocupado em se proteger, que falava apenas por meio de códigos e alusões. Não com os meus caseiros, que não lidavam bem com confrontações nem as mereciam. Eu precisava falar com uma parte isenta, mas ao mesmo tempo próxima. Com um observador distante, mas privilegiado. Com alguém que conhecesse os fatos e não tivesse objeções a me ajudar. Com alguém que quisesse o meu bem, em alguma pequena medida que fosse, ou que pelo menos não fosse indiferente a ele. Pensei, pensei e, sim, afinal eu soube a quem eu deveria procurar.

Saí do quarto, desci a escada submergindo no cheiro de salgadinho que preenchia a casa, retomei o meu lugar à mesa da cozinha. A Dona Damiana já tinha colocado todos os quitutes nas travessas de servir, lavado e secado a louça e retirado o avental. De pé diante do aparador, ela cobria as fornadas com panos de prato limpos. Agradeci, entreguei o dinheiro combinado, e ela partiu sem sequer me olhar.

Descobri as travessas. Quinhentos salgados para convidado nenhum. No armário, busquei alguns potes de plástico grandes. Guardei tudo. Separei para mim um dos potes, que continha apenas coxinhas de frango com catupiry, o favorito do Cláudio e meu também. Separei outro, mais caprichado, para a Dona Almerinda e o Seu Geraldo. Os outros tantos eu levaria no dia seguinte para a pessoa que havia de saber tudo, que havia de me contar tudo.

Tornei a me sentar e provei uma coxinha. O seu sabor, que eu não sentia havia tanto tempo, me trouxe uma memória, de um dia em que eu havia levado sobras de salgadinhos para o Tomás.

22

Na véspera, eu tinha recebido duas amigas em casa. Amigas do tempo em que eu trabalhava como arquiteta, de uma vida pregressa, quando eu ainda não conhecia o Antero. Amigas que, aliás, não chegaram a conhecer o Antero. Não conheceram porque eu não quis que conhecessem. Não que eu visse as duas como ameaças, não que eu achasse que não iam se dar bem com ele, não que soubessem coisas do meu passado que eu preferia ocultar do meu marido. Não havia um motivo específico. Talvez o tédio de fazer as devidas apresentações, de sustentar pelo menos os primeiros contatos como o elo entre eles. Talvez a vontade de preservar uma esfera individual própria, só minha, longe do Antero e da sua capacidade de tomar tudo como se fosse dele. Talvez a minha dificuldade de tomar a iniciativa, o meu comodismo, que permitia que o Antero ditasse o ritmo da nossa vida em família.

O meu comodismo. Na época, não me parecia assim, mas foi o comodismo que me levou a não voltar para o meu emprego no escritório de arquitetura, passados os seis meses de licença-maternidade depois do nascimento do Vicente. Na época, eu pensei que o melhor a fazer, para a família, era cuidar do bebê e me preparar para um segundo filho, o irmão que o Antero e eu queríamos dar o quanto antes para o Vicente. Necessidade financeira de voltar não havia. Quando o nosso primogênito nasceu, o Antero tinha largado a cardiologia clínica, que já não rendia pouco, e se dedicava à administração de uma rede de hospitais privados no Rio de Janeiro, função burocrática que não lhe dava gosto, mas que era ainda mais rentável. Nas décadas que se seguiram, o cargo de administrador permitiu que acumulássemos reservas suficientes para que eu não precisasse voltar a trabalhar nem mesmo depois da morte precoce do Antero. Mas não foi devido ao conforto financeiro que eu não voltei. Com o tempo eu fui obrigada a reconhecer, conforme os nossos filhos cresceram eu fui obrigada a reconhecer, a morte do Antero me obrigou definitivamente a reconhecer: eu não voltei a trabalhar com arquitetura nem com qualquer outra coisa, acima de tudo, por comodismo.

 Fosse por mim, eu teria perdido por completo o contato com aquelas duas amigas do meu breve período de carteira assinada. Mas elas continuaram me procurando, marcando cafés de tempos em tempos, cafés durante os quais eu muito mais ouvia do que falava. Eu julgava entender o motivo da insistência, embora eu mesma não fosse muito dada a pendores do tipo. Como o nosso tempo de convivência próxima estava contido por inteiro na nossa juventude, as nossas reuniões faziam recordar, com nostalgia, aquela fase da vida, em que tudo era futuro, tudo infinitas possibilidades abertas. Quantas amizades no fundo datadas não são mantidas, às vezes por toda a vida, não pelo seu valor corrente, mas pelo que evocam e representam na moeda da história pessoal?

Por anos, a nossa amizade percorreu esse caminho distante e saudosista. Até que fatalidades sofridas por cada uma de nós nos aproximaram novamente. Primeiro, o Antero faleceu. Meses depois, o marido da Cléo teve um derrame e também a deixou. A fatalidade que se abateu sobre a Verônica foi diferente, mas ela a sentiu como uma morte: o marido a abandonou depois de vinte anos de casamento. Unidas pela desgraça, passamos a nos revezar na organização de pequenos encontros, que migravam de uma casa para outra, num ciclo que se renovava de mês em mês. Quando era a minha vez de receber as duas, eu tentava variar o menu, contanto que fosse compatível com as duas garrafas de vinho que costumávamos abrir. Mas não era sempre que eu tinha vontade de preparar ou, o que era mais arriscado, pedir à minha empregada que preparasse um prato mais elaborado. Quando o meu comodismo era maior do que a minha vontade de agradar, eu simplesmente encomendava dois centos de salgadinhos numa cantina e pronto, cardápio resolvido.

Durante todo o tratamento do Cláudio contra o câncer, eu não ofereci nada além de rissoles, coxinhas, bolinhas de queijo e pastéis de forno para a Verônica e a Cléo. Eu não tinha condições de preparar outra coisa. As duas queriam até me dispensar de organizar as reuniões na minha casa, mas eu não abri mão. É curioso o comodismo: às vezes, o desejo de não mudar nada, a vontade de manter a constância, pode levar até a sacrifícios voluntários. Menos esforço em receber do jeito que fosse do que em mexer numa rotina, ainda que ruim ou desgastante. A verdade é que eu não tinha mais cabeça para as nossas reuniões depois do diagnóstico do meu filho. Nem no Cosme Velho, nem em Santa Teresa, onde morava a Cléo, nem na Barra da Tijuca, onde ficava o apartamento da Verônica, nem em lugar nenhum. Elas esperavam que eu me abrisse, mas eu não queria me abrir. Elas tentavam me reconfortar, mas eu não acreditava na possibilidade de qualquer conforto. Elas falavam da própria vida, mas isso não me interessava. Elas comentavam as novelas, os seriados, os livros, os restaurantes da moda, mas eu tinha perdido contato com todas as amenidades. A conversa não fluía mais. Na minha casa, os salgadinhos começaram a sobrar.

No dia seguinte a uma dessas reuniões, eu resolvi levar um pote com o que sobrou para o Cláudio. Ou não exatamente para ele, que estava regulando a dieta, nem para a Júlia, que não gostava de frituras e estava, de qualquer forma, acompanhando o marido nas restrições, por solidariedade. Eu estava levando para o Tomás, que adorava surpresas de comer. Eu não era de fazer isso, não era da minha natureza, mas dessa vez apareci sem avisar. O diagnóstico do câncer pedia que eu fosse mais presente na vida do meu filho.

Já na entrada do prédio, o porteiro me avisou que o Cláudio tinha saído, mas que a Júlia e o "menino" estavam, sim, em casa. Estranhei. Subi assim mesmo. As sobras de salgadinho, afinal, eram para o meu neto. Toquei a campainha uma, duas, três vezes, e ninguém atendia. Eu estava a ponto de desistir, pensando que talvez o porteiro tivesse se enganado, talvez a família toda houvesse saído, quando, numa última tentativa, a Júlia abriu a porta. Ela falava ao telefone e, mal me viu, deu as costas e escapuliu pela cozinha. O meu neto estava dentro de uma piscina de bolinhas plásticas coloridas instalada no meio da sala, onde no passado havia uma mesa de centro com tampo de vidro, desmontada e guardada no quarto de depósito assim que o Tomás começou a engatinhar. Na época da minha visita, o meu neto devia ter pouco mais de um ano e ainda não sabia falar. Ao ver a vó, ele sorriu e jogou uma das bolinhas na minha direção. Eu me agachei e coloquei a bola de volta dentro da piscina. Ele buscou a mesma bola e repetiu o arremesso na minha direção, dando uma gargalhada. Ficamos um tempo nessa brincadeira, enquanto a Júlia falava ao telefone. Da sala, entreouvindo as respostas picadas que ela dava, imaginei que do outro lado da linha estava a sua mãe. O tom da conversa era de desabafo ou de reclamações. Soava como se a Júlia estivesse ouvindo, sem grande paciência, os conselhos velhos e repisados da mãe. Quando encerrou a chamada, a Júlia não veio para a sala falar comigo, como a boa educação mandava. Imaginei que precisava de um tempo para se recompor. Quando afinal apareceu, trazia um chá para mim e um mamão amassadinho para o Tomás.

"E você, não vai acompanhar a gente? Nem no chá nem no mamão?"

A Júlia não achou graça.

"Bom," eu emendei, "tenho aqui uns salgadinhos pra vocês."

Ela nem olhou para o pote. Fez só uma negativa muda com a cabeça, e isso parecia o máximo que ela podia fazer sem desabar no choro: os seus olhos estavam avermelhados, a sua boca tremia de leve. Seria o de se esperar, inconformidade ou desalento diante do diagnóstico do marido? Esgotamento pelo excesso de demandas, de responsabilidades? Tentei oferecer uma palavra de apoio, pelo menos no que dizia respeito à maternidade.

"É só uma fase, Júlia. Dá trabalho, mas o Tomás tá um menino lindo. Logo, logo ele vai ficar um garotão independente, e você vai conseguir descansar mais, respirar mais. Vai ter até saudade dessa primeira infância."

Como se tivesse entendido o que eu havia dito e quisesse fazer uma travessura, o meu neto jogou uma bolinha atrás da outra para fora da piscina e gargalhou de perder o fôlego, enquanto eu tentava sem sucesso restituir a ordem. A Júlia contemplou o filho com um olhar de mãe apaixonada, como se quisesse proteger o Tomás das leviandades da avó, banhando-o a distância com o seu amor.

"A senhora sabe que não é isso."

Simulei uma confiança que eu não tinha: "É o diagnóstico? Mas existe uma boa chance de cura. Não é pra ninguém se desesperar antes da hora."

"Não é isso." Os lábios dela tornaram a tremer, as bochechas coraram, mas eu não vi exatamente tristeza ou desamparo no seu rosto. Vi raiva, talvez vergonha. "Quer dizer, em parte é, sim, sobre o câncer. O que *não* é sobre o câncer, desde o diagnóstico?"

"O Cláudio falou ou fez alguma coisa?"

Com um sorriso irônico, ela abriu os braços, mostrando a sala vazia, mostrando a ausência do meu filho.

"Cadê ele?", perguntei.

"Viajou."

"Viajou?! A trabalho?"

De novo, o sorriso irônico. "Eu não deveria nem ter começado a falar."

"Mas começou, ora."

"E a senhora não sabe de nada? Nunca sabe?"

O Tomás ficou impaciente dentro da piscina de bolinhas. A mãe o tirou de lá, e ele foi engatinhando até mim. Eu abri o pote de salgadinhos e coloquei sobre o sofá, para que ele pegasse quantos quisesse.

"Se vocês não me contam, não me incluem na vida de vocês, como é que eu vou saber das coisas?"

"Eu que não te incluo? Ou ele é que não te inclui? Ou ele que não inclui ninguém? Nem a mim? Nem o próprio filho, nem a senhora, nem ninguém mais?"

"Cadê ele? Que viagem é essa?"

Ela fechou os olhos, apertou-os com os dedos.

"Eu achei que ia parar quando a gente se casou, mas não parou. Eu achei que ia parar quando o Tomás nasceu, mas não parou. Eu achei que ia parar quando descobriu o câncer, meu Deus, como eu achei... mas nem assim, não, ele não parou. Ele não quer estar com a gente. Só isso. A família, eu, o filho, a senhora também, ou não? Ninguém tem valor de verdade pra ele. Ele quer estar longe. Inventa motivo pra estar longe. Pode morrer em alguns meses? E daí? Não é uma mortezinha qualquer que vai levar o Cláudio a mudar, não é mesmo?" Ela abriu de novo os braços, chamando a atenção para a ausência dele. "Ele não tá longe. Ele é longe. Sempre foi."

"Você achou que ele ia parar com o quê? Com as viagens de trabalho? Agora tudo bem, concordo, mas desde antes? Desde o início do casamento? Aí eu já não sei..."

O sorriso irônico. No meio do seu rosto vermelho e desolado, o sorriso irônico. "Não é só o trabalho. Ele não viaja só a trabalho. Pra ficar longe da gente, ele que não tem solidariedade, ele que não tem empatia, ele que quer sempre ficar sozinho, ele que vê qualquer programa em família como um sacrifício do belzebu, pra ficar longe da gente, o seu filho inventou até de fazer trabalho voluntário. E não um trabalho voluntário qualquer. Não é servir sopa por algumas horas num abrigo, não. Não é levar cobertas e casacos pra comunidades. Não é dar aula uma noite por semana num supletivo. Não, nada que tomasse um tempo administrável da vida dele. Não. Inventou logo de viajar nos fins de semana, os poucos fins de semana em que o trabalho não tirava o Cláudio de casa, pra fazer sabe o quê? Visitar crianças adotadas, família por família, pra investigar se estão sendo bem tratadas, se estão felizes, se estão recebendo a atenção necessária."

Ela olhou para cima, deu uma falsa gargalhada. "Não é a melhor das ironias? O pai de família que não quer saber se a mulher e o próprio filho estão felizes, que não dá nenhuma atenção para os seus, pro seu sangue, saindo em *tours* pelo estado do Rio pra garantir que crianças adotivas estão ganhando o carinho devido. Seria lindo, talvez, se eu estivesse numa dessas casas recebendo a visita desse moço tão generoso. Mas a minha casa tá vazia, e essa generosidade eu nunca vi por aqui."

Diante da tristeza da mãe, o Tomás teve a sensibilidade de levar até ela um dos salgadinhos. Ela deu um abraço forte nele e, com dificuldade, beliscou o rissole para não o decepcionar.

Eu não comprei aquela história. Pensei de imediato que havia de ser uma cortina de fumaça. Para o quê, eu não sabia. "Como você descobriu isso? Ele que te contou?" Mas a Júlia deu de ombros. Ela já tinha contado o principal e agora não queria mais falar.

Acabei não pensando mais nesse assunto. Eu não visitei mais a casa deles de surpresa, a doença avançou, o Cláudio foi forçado a permanecer mais tempo no Rio, e desejar a sua cura concentrava todas as minhas energias e pensamentos.

* * *

Em Ararampava, sentada à mesa diante dos potes de salgadinhos preparados pela Dona Damiana, eu me perguntei se a história do trabalho voluntário era simples desculpa, que o Cláudio teria por algum motivo inventado, para as suas viagens secretas ao sítio. Ou se ele não ia mesmo visitar crianças naqueles fins de semana fugitivos, não quaisquer crianças, e sim os filhos gerados pela Isabela, que poderiam até ser dele também.

    Coloquei todos os potes de salgadinhos, à exceção dos dois que ficariam para mim e para os meus caseiros, dentro de bolsas. A pessoa para quem eu os levaria, no dia seguinte, talvez pudesse me revelar alguma verdade.

23

Eu queria ter chegado um pouco antes, enquanto a missa da manhã de sábado ainda se encaminhava à sua suave conclusão. Eu queria ter tomado lugar num dos últimos bancos da igreja, como o Cláudio costumava fazer, para plantar uma pequena perplexidade na cabeça calva do padre Eduardo. Mas calculei mal o tempo. Não conhecia os horários. Quando alcancei a praça da rua central, os fiéis já estavam saindo do templo escuro.

Fiquei ao pé da escada, segurando as minhas bolsas. Alguns grupos se formaram nos degraus para bater papo. O padre Eduardo logo apareceu, envolvido por uma roda de seguidores. Falavam qualquer coisa com ele, que respondia com um sorriso bom, paciente. Ao me ver, o padre ergueu as sobrancelhas, um cumprimento módico que, ao contrário do que eu esperava, não deixava transparecer nenhuma perplexidade. Antes, ele parecia registrar a minha presença como se nada pudesse ser mais natural, como se tivesse previsto esse momento e o acolhesse com graciosa satisfação.

Embaixo do sol quente, que devia estar tostando a careca do padre, imaginei que ele fosse pedir licença aos seguidores que continuavam falando ao seu redor e logo vir ao meu encontro. Nada. Ele continuou ouvindo o que lhe diziam com atenção, o seu rosto imbuído da amabilidade de quem não gostaria de estar em nenhum outro lugar.

Nesse meio-tempo, os pequenos grupos que conversavam nos degraus foram se dispersando. Algumas pessoas passavam por mim e me olhavam com desconfiança; outras, com o que parecia ser desprezo. Eu me perguntei se sabiam quem eu era, se tinham assistido às palestras do Cláudio anos antes, se sabiam que eu era a mãe dele. Depois que essas primeiras pessoas se foram, outras, poucas, vieram falar comigo. Muito brevemente. Apenas me cumprimentar, perguntar como eu estava, desejar força e fé. Palavras breves. Eu não estava me sentindo suscetível a sentimentalismos, ao contrário, eu estava tensa e intrigada com o que eu enxergava como certa displicência e maus modos da parte do padre. Mas o que aqueles desconhecidos falavam comigo, as poucas palavras que diziam quase sem suspender o passo na descida da escada, os seus "é um prazer ver a senhora entre nós", ou "que Deus a abençoe", ou "espero que a senhora esteja com a mente firme e o coração em paz", me comoveram. Apesar de toda a sua simplicidade, aquelas pessoas tinham uma autoconfiança interior, uma vitalidade na forma de se expressar, certa segurança essencial nas coisas ou no futuro ou em si mesmos, que transformavam frases esvaziadas pelo uso em mensagens tocantes e verdadeiras. Eu me perguntei em que medida o Cláudio poderia ter sido responsável por incutir ou apurar naquelas pessoas aquele sentido de convicção e pureza. Ou em que medida o meu filho é que poderia ter começado a frequentar a igreja justamente para ele próprio tentar receber a dádiva que aquelas pessoas já tinham alcançado.

Os fiéis que conversavam com o padre Eduardo também se dispersaram, e ele afinal veio até mim.

"Vamos?" Ele apontou o amplo portão aberto que conduzia ao interior escuro da igreja. Entramos.

Caminhamos em silêncio, ladeando as fileiras de bancos vazios. Ele não perguntou como eu estava, não perguntou a que devia a visita, não falou nenhuma amenidade. Invejei a sua infinita temperança, mas eu não conseguia ombrear com ela.

"Sobraram alguns salgadinhos em casa, e os caseiros e eu não íamos dar conta de tudo. Pensei em trazer pros seus fiéis."

"Ah, mas que maravilha." Eu não cheguei a oferecer nenhuma das bolsas, não era o momento adequado, mas ele esticou uma mão pedindo uma delas. No altar, onde havia mais luz, ele parou por uns instantes, abriu um pote e provou uma bolinha de queijo.

"Mas tem que esquentar antes."

"Às vezes — para pouquíssimas coisas — a frieza é melhor. Realça o sabor."

Ele me levou até a sua sala e pediu que eu colocasse as demais bolsas numa prateleira vazia da estante. Notei que era o escritório que se esperaria de um padre: limpo, organizado, sem luxo, com imagens de santos, terços e outros pequenos artigos católicos decorando os espaços. Apenas um pouco escuro, pois não havia janela.

"Dona Francine, que alegria receber você aqui no meu humilde templo." Ele falou com tanta delicadeza e num tom tão baixo, que me pareceu ainda mais frágil do que no dia em que nos encontramos por acaso no restaurante do Gutão. Frágil como se tivesse descoberto que sofria de um mal.

"Uma alegria, mas não uma surpresa."

Ele sorriu. "Nunca é uma surpresa receber um irmão ou uma irmã. É um alento e uma gratidão." A sua respiração estava cansada, laboriosa. "Como passou os dias entre os nossos dois abençoados encontros? Como o vilarejo está te tratando?"

"Hummm, difícil dizer."

"Então não pode ser tão mal. Senão você saberia."

"É que não é uma questão de tratar bem ou mal."

"Não? Eu penso que sempre é. Mesmo pra quem recebeu a missão de se livrar disso," ele apontou para si, para o peito que parecia fundo mesmo sob os panos largos da batina, "é inevitável sentir as coisas, as pessoas, a vida, pelo ângulo do próprio bem-estar. Acontece algo, você vê alguma coisa, e logo avalia, com maior ou menor consciência, em geral menor: isso faz com que eu me sinta melhor ou pior? Uma medição constante do seu pulso emocional. Você não se sente assim?"

"Bom, talvez. Mas, aqui em Ararampava, não é esse o... como é que você disse... o ângulo principal da vida, pra mim."

"Não é por esse ângulo que as coisas chegam a você?"

"Não. *As coisas chegam a mim...* É isso mesmo. As coisas chegam. Nunca imaginei que eu tivesse vindo pra cá pra isso, pra ser encontrada por histórias que eu desconhecia."

"As histórias é que te encontram? Ou você é que tem ido atrás delas?"

"É engraçado, padre. Eu vim pra cá pra ficar perto do passado. Eu queria ficar sentada na varanda, passear pela mata, ler um livro perto da minha janela, cuidar do meu jardim, curtir os cômodos do sítio, ficar recordando o que o Antero, os meninos e eu vivemos aqui. Parar, descansar, relembrar, com saudade. E só. Mas eu não tô tendo nada disso. O passado não foi o que eu pensava. O passado que eu guardei comigo não é igual ao passado que realmente aconteceu. É isso que me persegue aqui no vilarejo. É isso que chega até mim. Eu queria repouso e não tenho nenhum. Só surpresas, e nenhuma me agrada."

"Isso é normal," disse o padre, juntando as mãos sobre a mesa de uma maneira condescendente. Eu me perguntei o que poderia parecer anormal para um padre. Passariam por um treinamento no seminário para esperar e aceitar o estranho e muitas vezes absurdo? Seria uma habilidade desenvolvida no confessionário e nas conversas falsamente despretensiosas ao final das missas? Ou o sacerdócio atrairia, desde o princípio, apenas as personalidades aptas a lidar com o inusual, tendentes a ver nos casos excêntricos uma oportunidade de fazer o bem, personalidades em busca de valor onde outros enxergariam só um problema? "É bastante normal. Quando alguém volta para uma cidade onde se teve um passado rico, onde um ente querido teve um passado recente e rico, é de se esperar que a memória reapresente fatos há muito esquecidos, que se descubram fatos novos também, e que esses fatos novos levem a uma reinterpretação do passado. A sua história é única, porque todas as histórias são únicas, porque você e o seu filho são únicos, mas o que você está passando é algo que não seria nenhum absurdo esperar que fosse acontecer."

"É e não é. Quantas mães sentem que não conhecem mais o próprio filho depois da morte dele?"

Ele abriu as mãos, fechou os olhos e baixou o rosto, como se pedisse desculpas antecipadas pelo que ia dizer. "Com a graça de Deus, não são muitas as mães que têm o dissabor dessa experiência. Os filhos costumam sobreviver aos pais, e as suas angústias e os seus segredos ficam para sempre fora do alcance das mães."

"Como teria sido melhor assim..."

"Nem melhor, nem pior. Não é por esse ângulo que você deve encarar o que aconteceu. Essa perspectiva só pode trazer sofrimento. A única resposta cabível é a compreensão."

"Que é justamente o que eu não alcanço mais em nada. Eu sempre achei que eu entendia o Cláudio, padre. Não do mesmo jeito como eu entendia o Vicente. Mais ou menos do jeito oposto, na verdade. O Cláudio não compartilhava os detalhes da vida dele. Nenhuma história, nenhum desabafo, nenhuma confidência, mas pareciam tão claros quais eram os seus valores, os seus objetivos, o que ele amava, o que ele desprezava. Eu não concordava com tudo. Impossível concordar com tudo. Duvido, aliás, que ele compartilhasse certas ideias tortas com o senhor. Muito menos com todos os fiéis na igreja, durante essas tais palestras misteriosas. Mas..."

O padre me interrompeu. "Não eram palestras, nem misteriosas."

"Eram o quê?"

"Conversas em grupo. Você mesmo estaria convidada a participar, se estivesse na cidade."

"Eu nunca iria. Nem o senhor ia querer que eu fosse. Dependendo do que ouvisse, até eu poderia perder a compostura. Imagina o eco de um escândalo aqui, debaixo desse pé direito alto."

"O eco maior acontece lá em cima."

"Então o senhor concorda."

"Nem um pouco. Você não ia fazer nenhum escândalo. O Cláudio falava de uma maneira encantadora. Sensível, mas rigorosamente alusiva. Nunca declinou o nome de ninguém do altar. Nunca qualificou ninguém. Era tudo simbólico e, ao mesmo tempo, cristalino."

"Eu não acredito nesse talento oratório. Não no meu Cláudio. Não no Cláudio que eu conheci. O senhor não foi ao casamento do Vicente. Eu fui. Aquele Cláudio que fez aquele brinde não poderia se transformar num orador que sensibiliza multidões."

"É isso que te aflige?"

"O quê?"

"Que o seu filho tenha construído uma vida própria à qual você não necessariamente poderia ter acesso? Que ele tenha desenvolvido habilidades das quais nem você, como mãe, poderia suspeitar?"

"Não é tão simples."

"Nunca é. Qual é a sua dificuldade?"

"É impossível responder a essa pergunta."

"Vou tentar outra. Além do engajamento dele aqui na igreja, você tem tomado conhecimento de outros fatos que fazem balançar a imagem que você guardava do Cláudio?"

Eu não queria falar. Eu queria que ele falasse. "É tanta coisa..."

"Por onde começou?"

Falei do pedido de exame encontrado pela Júlia no cofre de casa, no qual o Cláudio havia escrito NÃO.

"Foi por isso que você veio morar aqui? Para se distanciar de tudo e tentar compreender, no isolamento, por que o Cláudio abdicou de buscar a própria cura?"

"Isolamento, sim. Busca de compreensão, não. Não senti isso. Senti vontade de me ligar ao passado mais puro."

"E não conseguiu?"

"Não me deixam."

"Por quê?"

"Ficam me contando coisas."

"O que mais você ouviu?"

Decidi ser o mais breve possível. Oferecer de uma vez tudo o que eu sabia. "A Júlia e o meu neto nem conheciam o sítio. Isso aqui era o esconderijo do Cláudio."

"Sim."

"Ele ficava correndo atrás da Isabela, uma moça já casada."

"Sim."

"Pagou a reforma da casa dela."

"Sim."

"Dava lições de moral na igreja."

Ele sorriu. "Sim."

Abri as mãos.

"Isso é tudo?", o padre perguntou.

"Não pode ser. Ainda me falta a peça principal, que possa explicar todas essas estranhezas."

"Talvez essa peça não exista. Talvez uma peça assim não exista na vida de ninguém. Ou talvez exista, mas é a mesma peça para todas as pessoas."

"Só se na vida de todas as pessoas existir uma Isabela."

Ele desentrelaçou os dedos das mãos, esticou-as bem retas sobre a mesa e sorriu. "Esse é o nome da peça, então?"

"É? Acho que só você pode me dar essa resposta, padre."

"Você acha?"

"Bom, talvez muitas outras pessoas conheçam a história completa. A Isabela, os pais dela, o meu jardineiro, o Vicente, talvez os meus próprios caseiros, mas ninguém quer me contar tudo. Querem se proteger? Querem respeitar a memória dos envolvidos? A privacidade deles? Eu já tô achando que não é só essa a questão. Dominar tim-tim por tim-tim a sequência dos acontecimentos talvez seja uma condição, mas claro que não é o suficiente pra chegar à essência de uma história complicada. Essa é a dádiva e a sina dos padres, não?" Ele bateu três vezes no tampo de madeira da mesa. "Ter a capacidade de quebrar as camadas dos discursos das outras pessoas, de atravessar o desejo de iludir e o desejo de se autoiludir, de descartar o que é secundário, de alcançar o que é mais genuíno, verdadeiro, o principal, seja essa essência bonita ou, o que deve ser muito mais comum, horrorosa."

O padre entrelaçou os dedos. "Você falou lindamente, Francine. Estou vendo, aliás, a quem o Cláudio puxou. Falou lindamente, mas foi bondosa demais com as capacidades de nós velhos sacerdotes. Não vemos tanto. A diferença que existe está no ângulo. Nós estamos afastados, ou melhor, nós não enxergamos o que nos rodeia de dentro das paixões humanas. Vemos de fora, como alguém que deseja apenas que cada um fique em paz consigo mesmo. Se você quer, eu posso falar o que eu vi desse meu ângulo particular. Não sei se guarda uma medida maior de verdade do que o dos outros. Guarda as medidas que o meu posto de observação me deu. Se você quer, Francine, eu falo, mas considere por favor duas coisas. Primeiro, eu só posso contar o que aconteceu, não as confidências que as pessoas me transmitiram sobre o que aconteceu. O meu sacerdócio não me permite romper esse pacto, em circunstância nenhuma. Segundo, quem escava, escava, escava, tem que estar preparado para um dia entender que é hora de parar. Não existe redenção nem serenidade para quem se recusa a aceitar que já encontrou o suficiente. A ideia de que existe uma essência também pode ser uma miragem, um autoengano."

"Me ajuda então, padre, a encontrar esse momento de parar."

E o padre falou. Recostado na cadeira, olhando para um ponto perdido atrás de mim, ele contou que, a certa altura da juventude, o sentimento que o Cláudio sentia pela Isabela tinha se transformado num sentimento amoroso. "Nada mais normal, naquela fase, e o Cláudio não foi o único." Os meninos que vinham da capital passar fins de semana e férias em Ararampava, como o meu Vicente e o meu Cláudio, e também os meninos que viviam nas redondezas, cismaram de se encantar com a Isabela. "Não sei se você vai se lembrar," ele disse, "mas a Isabela, quando mais novinha, tinha um charme sutil. Era bonita e dócil, ou nem tão dócil, na verdade, o que ela tinha era o tipo de retraimento humilde, digamos assim, que, numa menina bonita, leva os meninos a acreditar que têm alguma chance de conquista. Bobos e verdes, eles imaginavam que ela também estivesse interessada neles e sofria apenas com certa timidez para demonstrar isso." Tanto interesse, de tantas partes, galanteios, talvez até alguns rompantes mais inadequados, quem sabe até forçados inicialmente, outras tantas promessas, rondando e se insinuando junto a uma moça que não tinha nem estrutura emocional para se contrapor ao assédio, nem orientação adequada para saber lidar com "os riscos do amor", redundou no que jamais deveria acontecer com menina alguma. A Isabela engravidou. De gêmeos. Ela tinha só dezesseis anos ou perto disso. Assim que a barriga começou a despontar, ela não saiu mais de casa, por vergonha sua e por vergonha dos seus pais. Saiu apenas para o hospital, para um parto que se revelou uma agonia. "A posição dos bebês era ruim, não havia passagem, e tanto a mãe quanto os dois meninos, pois eram dois varões, passaram horas e horas de sofrimento. A mãe perdia sangue, muito sangue, e os meninos, bem, os meninos... Não sei qual é a chance de isso acontecer, mas sei que só pode ser muito raro: os dois meninos ficaram com o cordão umbilical enrolado no pescoço." Um deles, o que nasceu primeiro, não teve maiores complicações. O cordão dava apenas uma volta em torno do pescoço, e o médico conseguiu realizar o parto com dificuldade, mas com sucesso. O segundo ficou preso dentro do útero por muito mais tempo, e o estado geral da mãe, na avaliação da equipe médica, não dava margem para que arriscassem uma cesariana. As voltas do cordão, em torno do pescoço, prejudicavam o fluxo de oxigênio, e o segundo menino nasceu roxo. Por algumas horas, ninguém sabia se ele ia carregar sequelas pelo resto da vida ou nem sequer teria uma vida para viver. A mãe tampouco parecia bem. O médico tinha se visto forçado a fazer uma cirurgia de emergência, ao final do parto, para tentar estancar a hemorragia. "Durante o procedimento, ele entendeu que retirar o útero era a única forma de salvar a vida da paciente. Pobrezinha. A Dona Damiana e o Seu Geraldo nem foram consultados. Não havia tempo, e o médico só explicaria isso depois. 'A Isabela ganhou uma chance de viver,' ele diria, 'mas nunca mais vai poder ter filhos.'" Depois de algumas horas, enquanto o segundo menino recebia cuidados na UTI, enquanto as enfermeiras aplicavam bolsa de sangue atrás de bolsa de sangue nas veias da Isabela, o padre foi chamado com urgência para administrar a extrema-unção — para o filho e para a mãe. "Nesse momento, eu desejei ter seguido outra vocação, e não vou pedir perdão a ninguém nem a divindade nenhuma por ter desejado isso." Mas os respectivos quadros clínicos tiveram desfechos distintos. A Isabela se estabilizou, aos poucos recobrou as forças; o seu segundo menino não resistiu e faleceu no berço da UTI. A tragédia poderia ter levado a Isabela a repensar os planos que havia formado em conjunto com os pais. Não levou. Conforme haviam se programado, conforme haviam prometido a um casal que vivia em outra cidade do estado do Rio, a Isabela e os pais entregaram o primeiro menino, o menino que tinha nascido com vida e que esbanjava vitalidade ao cabo de seis meses de leite materno, para a adoção. "A Isabela não podia mais ser mãe. Ainda assim, ela manteve a opção de não ser mãe. Poderia ter voltado atrás, ficado com o menino. Não quis. A nós, só cabe compreender. Não questionar. Nunca questionar. Compreender."

A provação da Isabela teria muitas consequências, disse o padre Eduardo, algumas óbvias, outras menos, muitas sobre ela mesma, algumas sobre outras pessoas. Uma dessas consequências, nem óbvia, nem incidente sobre a própria Isabela, pelo menos não de maneira direta, foi a que se precipitou sobre o Cláudio. A desgraça fez o meu caçula se sentir mais ligado à vizinha. Não de um modo amoroso, o padre frisou algumas vezes. O vínculo que surgiu a partir dali, ou melhor, a força que empurrava o Cláudio a se aproximar da Isabela era uma força do cuidado, da empatia. Ele queria ajudar aquela moça, aquela mulher, aquela amiga que afinal tinha crescido com ele, com quem ele havia dividido sábados, domingos e férias de longas conversas e brincadeiras entediadas em meio ao verde de Ararampava. Ele sentia uma necessidade de fazer tudo o que estivesse ao seu alcance não exatamente para remediar a desgraça, que não se podia apagar, mas para reconstruir um futuro, para construir uma nova ideia de futuro para a Isabela. "Por quê? Essa é a questão, não? Sempre é. Por quê?" O padre fez uma pausa, juntou as duas mãos rente ao peito coberto pela batina. Quando voltou a falar, a sensação era que ele se esquivaria de responder à própria pergunta. Ele disse que, se eu tivesse a curiosidade de buscar na Bíblia o que o texto sagrado tinha a registrar sobre a confiança, eu aprenderia que ela não era recomendada como uma virtude social. Ao contrário, o texto urgia os cristãos a não confiar no nosso mundo, mas apenas em Deus, que, "como dizem os salmos, é o nosso escudo, a força que nos salva, o nosso alto refúgio". Daí viria, em alguma medida, a ideia do mundo como um lugar desprezível, "*contemptus mundi*", tomada como uma abordagem natural para o cristianismo. Não se poderia confiar no mundo decaído e, por mais que se tentasse seguir o exemplo divino no exercício da fé, ninguém poderia deixar de atentar para as armadilhas espalhadas por toda parte à caça de incautos, ninguém poderia deixar de cuidar para não sucumbir à credulidade.

"Não sou o único padre a achar que essa visão não conduz a nada de edificante no nosso mundo decaído." Havia sido uma surpresa e uma benção perceber, aos poucos, coletando e conectando uns fragmentos de histórias e observações, que o Cláudio parecia empenhado em demonstrar, com a própria vida, que existia, sim, espaço para a confiança entre as pessoas. Ou não ao certo "empenhado em demonstrar", o padre se corrigiu. Pois não se notava nada de artificial nas suas atitudes. Nenhuma manipulação. Ao contrário, o que ele fazia tinha a natureza urgente e inevitável das coisas puras, corajosas. Nada transparecia tanto, na forma como o Cláudio se conduzia no mundo, interagia com as pessoas, como a sua bravura essencial. "Nada é mais difícil do que fazer o bem que não é óbvio. Sustentar isso por anos, desafiando ou ignorando as suspeitas alheias, exige bravura. Admirei, admiro e sempre vou admirar o seu filho. Admirar não pressupõe a perfeição. A confiança que ele tinha neste mundo me inspirava a acreditar no valor do meu trabalho. Que a sua memória seja honrada."

Senti uma tontura e precisei apoiar a cabeça sobre a mesa. O padre não falava do mesmo Cláudio. Não do mesmo Cláudio que abominava a ideia de ter filhos. Não do mesmo Cláudio que enxergava na vida uma inconveniência a ser evitada a todo custo. Esse Cláudio não confiava no nosso mundo. Esse Cláudio queria que o mundo se desocupasse da nossa espécie, para que não sobrasse ninguém para ter consciência do fim. Esse Cláudio tinha abdicado da própria vida.

"Acho que a sua pressão está baixa," o padre disse, levantando-se. "Você vai ter que aceitar e comer um dos salgadinhos que você mesma tão gentilmente trouxe para a congregação."

No final da sua litania, o padre tinha voltado a falar por meio de símbolos. Eu precisava puxar a conversa de volta para o terreno dos fatos, das respostas concretas. Eu me forcei a me sentar direito.

"Você está muito pálida," ele disse. "Não, o que eu vou fazer é buscar um copo d'água com um pouquinho de sal."

Deixei que ele fosse. Sozinha, respirei, respirei e me concentrei nas perguntas que seguiam sem resposta. Quando ele retornou, não dei chance nem que me entregasse o copo.

"As crianças eram do Cláudio?"

Ele se sentou, pôs o copo sobre a mesa. "Não sei. A Isabela nunca me falou nada. Nem ela nem ninguém da família. Você vai entender que é o tipo de questão que nenhuma pessoa de fora pode se dar o direito de levantar. Eu contei o que aconteceu com essa moça na juventude... Talvez nem ela mesma saiba."

"Mas como eu não soube de nada, se eu vinha sempre com o Antero e com os meninos pro sítio? Só parei de vir quando o Antero faleceu. Será que tudo isso aconteceu por volta dessa época, então? A Isabela deve ser mais nova do que o Cláudio. Você disse que ela tinha uns dezesseis quando engravidou, não disse? É, ela só pode ser mais nova do que os meus filhos. Aí eu não vinha mais pra cá mesmo. Isso explica, não explica?" Eu não falava mais com o padre nesse momento, eu falava comigo mesma. Mas ele me respondeu.

"Não. A Isabela e o Cláudio tinham a mesma idade. Disso eu tenho certeza. E toda a desgraça aconteceu no final da adolescência dos dois. Por que você não se inteirou de tudo, eu não saberia dizer. O que eu sei é que tudo foi tratado com a máxima discrição. Talvez isso explique."

"Por que você não me contou antes? Naquele almoço na vila que fosse?"

Ele pensou um pouco. "Mesmo agora eu ainda não estou convencido de que eu deveria ter contado." Ele deu um sorriso ausente. "Mas tudo bem, que seja. É como diz aquele princípio da filosofia moral: alguns benefícios devem ser dados em segredo, e não em público. Pelo menos não estou descumprindo a regra."

De novo a fuga, as palavras simbólicas e vagas. "Dezesseis anos, adolescência... Eu teria percebido alguma coisa. Eu vinha aqui nessa época. Eu teria fisgado alguma pista no sítio. Na pior das hipóteses, o Antero, que sabia de tudo o que acontecia com aqueles meninos, teria dividido a história comigo, se ela afetava tanto o nosso caçula assim. Eu não sabia... Por quê? Por quê?" Eu me levantei. Ainda me sentia tonta. "Acho que preciso de um pouco de sossego pra entender o que aconteceu, pra que as memórias que faltam retornem até mim."

"Nada melhor do que estar em Ararampava, então." Com um meio sorriso, o padre me acompanhou até a porta.

A despedida foi curta, mas nem por isso a simpatia do padre deixou de ser acolhedora como de costume. De que me importava? A minha frustração continuava imensa.

24

Eu estava sentada na varanda, com as pernas esticadas sobre a mesa de centro, tomando uma xícara de chá de boldo. Eu tinha trazido comigo *Uma pálida visão dos montes*, mas o livro prosseguia fechado no meu colo. A lida do jardineiro, que podava o canteiro de gravatás, me distraía. Eu teria evitado estar na varanda num dia de trabalho do Luciano. Eu vinha tentando recriar um ambiente de paz e confiança entre nós dois, sem questionamentos, sem conversas pessoais, sem intromissões. A distância era importante para eliminar, aos bocados, suspeições e rancores. No entanto, eu havia despertado muito cedo, com insônia, e, esquecida da escala semanal, havia me alojado com o meu chá e o meu livro na varanda antes da sua chegada. Sendo assim, não quis sair. Não queria que ele achasse que eu estava me retirando apenas porque ele tinha aparecido.

Eu podia notar o incômodo que a minha presença provocava no Luciano. Havia uma rigidez nos seus movimentos, um automatismo. Naquela manhã, eu senti que ele me odiava. Que sempre tinha me odiado, ou que tinha passado a me odiar depois daquele dia. Cada vez mais eu sentia que as pessoas, todas as pessoas em Ararampava, me odiavam. A começar pela Isabela. Ver o Luciano era pensar na Isabela. Talvez eu não devesse mais pensar nela nem nas incógnitas do Cláudio nem em coisa nenhuma. Pela primeira vez, eu me perguntei se não convinha demitir o Luciano e arrumar outro jardineiro. Ou cuidar eu mesma do jardim. Ainda tinha braços e pernas para isso.

As minhas pernas. Eu tinha ficado tempo demais na mesma posição. Senti um formigamento subir até as minhas coxas e, com dificuldade, dobrei os joelhos e pus os pés no chão. Pés com câimbra, inertes. Dois fardos completamente dormentes. Comecei a massagear as pernas, e, nesse aperta e desliza, a minha câimbra me levou a outro tempo, um tempo que eu redescobri com pavor.

Havia anos que essas memórias não me voltavam. Todo o período, talvez, desde a minha melhora. O meu medo de uma recaída era tal, que eu tinha decidido que não pensaria mais na minha doença, e ponto. Sempre tive facilidade de controlar os meus pensamentos, de cumprir as minhas decisões. Era como se eu nunca tivesse caído doente. Seis meses de vida suprimidos das minhas recordações. Não como um vazio, mas sim como se a ponta do início, antes da doença, e a ponta do fim, após o meu pleno restabelecimento, tivessem se unido, dando uma continuidade artificial ao tecido da minha vida. Assim a minha biografia pessoal permaneceu, emendada com um ponto dado pela agulha do autoengano, até que a câimbra na varanda veio desfazer o nó e expor o retalho que se mantinha escondido.

Eu tinha sido acometida, sem aviso ou explicação, por um mal que me prostrou na cama, incapacitada. As minhas pernas e os meus braços não respondiam aos meus comandos. A minha voz saía pastosa, pouco articulada, como se eu estivesse permanentemente embriagada. Como um pacote imprestável, eu fiquei dois meses num quarto de hospital sem sair do leito, sem conseguir *me mexer* no leito. Os médicos diagnosticaram a enfermidade como a síndrome de Guillain-Barré. Talvez tivesse sido disparada por uma infecção, talvez tivesse causa autoimune, talvez fosse o desdobramento de uma crise nervosa, talvez não tivesse nenhuma origem determinável. Eles apostavam numa melhora lenta, mas contínua, e muito possivelmente integral, se eu tivesse paciência e quisesse colaborar com a minha força de vontade. E foi o que aconteceu. Ao cabo de um mês, eu já conseguia mexer as pernas e os braços, embora não tivesse força para andar nem coordenação para me alimentar sozinha. Ao final do segundo mês, esses atos mais simples de autonomia pessoal já tinham voltado, e eu recebi alta. Como formigavam as minhas pernas nessa época! Como se a recuperação dos meus movimentos só pudesse se concretizar mediante câimbras e mais câimbras — como se os meus músculos despertassem por meio delas.

O Vicente tinha por volta de 19 anos, e o Cláudio, 17. No hospital, e também depois da volta para a casa, achei que os dois não me tratavam com o carinho que uma mãe poderia esperar. Mas era normal considerando a idade dos dois, não? Era o que o Antero me dizia. Para compensar, ele não saiu do meu lado por todo o tempo em que fiquei internada. Nessa época, portanto, nem o Antero nem eu subíamos a serra. Quando recebi alta, descobri, para a minha surpresa, que os meninos não tinham deixado de vir para o vilarejo. Como o Vicente já tinha acumulado alguma experiência ao volante, o pai tinha dado autorização para que fosse ao sítio dirigindo. O irmão ia com ele, de carona. Mas não era todo fim de semana que o Vicente viajava, pois os convites e compromissos ligados aos amigos da faculdade o seguravam à beira-mar. Quando o irmão permanecia no Rio, o Cláudio nem por isso deixava de pegar a estrada. Vinha sozinho, de ônibus. O contrário também acontecia vez ou outra: o Vicente também viajava a sós quando o Cláudio precisava ficar em casa para estudar para algum simulado ou prestar algum exame do vestibular. Para o Vicente, Ararampava parecia uma pequena aventura cativa; para o Cláudio, uma espécie de retiro. Era como eu via. Fosse como fosse, nenhum deles queria ficar longe da serra.

As perambulações dos dois por lá, sem a nossa supervisão, me deixavam preocupada. O Antero tentava me tranquilizar: era preciso confiar nos nossos "bons meninos" no trajeto, e, uma vez no sítio, a Dona Almerinda e o Seu Evanildo manteriam sobre os dois um olhar atento, em nosso lugar. Além de preocupada, as viagens me deixavam intrigada. O que poderia ter se tornado tão interessante no vilarejo para os meus filhos, que pouco tempo antes só entravam no carro para viajar comigo e com o pai à base da força, da ameaça de castigo ou da promessa de recompensa? O Antero se limitava a dar um sorriso que, segundo me parecia, ele considerava expressivo o bastante para dispensar maiores explicações. Eu ainda estava convalescente e deixei estar. Em algumas semanas, começamos a receber reclamações de vizinhos a respeito do barulho que vinha do nosso sítio, e imaginei que se esclarecia então o sentido do sorriso do Antero. Era um sorriso condescendente, que queria dizer: "é apenas a juventude."

Não pensei mais nisso. O Antero e eu demoramos a visitar o sítio novamente. Seis meses. Mais de seis meses. Pois esperamos a minha recuperação plena. Então eu já tinha decidido ocultar de mim mesma o período da minha doença, com a sutura da autopreservação.

Voltamos, sim, ao sítio, mas nunca retomamos a frequência de viagens de antes. Nas nossas eventuais visitas, o Vicente e o Cláudio não nos acompanhavam mais, por coincidência ou, vá lá, porque nós dois atrapalharíamos as festinhas. O fato é que não tive mais a chance de ver eu mesma o que os dois faziam no sítio, no final da adolescência e início da vida adulta.

Sentada na varanda, observando o trabalho do jardineiro, eu tive certeza de que o parto da Isabela tinha acontecido durante os meses em que me vi prostrada pela Guillain-Barré. Não poderia ter sido depois. Eu teria ficado sabendo. Mesmo não indo muito a Ararampava, a notícia chegaria até mim. Era o tipo de acontecimento que gerava um zum-zum-zum, especialmente num pequeno vilarejo. O que eu não podia entender era por que o Antero não tinha contado nada para mim. Porque, sim, o Antero sabia. Eu tinha certeza. O Antero sabia tudo o que se passava com os nossos meninos. Ou porque os dois contavam tudo para o pai, ou porque o pai intuía qualquer novidade e ia atrás da história completa por conta própria. Ele sabia, sim, ele sabia, mas não quis me contar. Por quê?

Talvez, no início, quisesse me poupar. Talvez tivesse receio de que a notícia pudesse me desestabilizar, pôr em risco a minha melhora tão delicada. Depois, quando o meu restabelecimento já estava consolidado, talvez tivesse achado que não havia utilidade em dividir comigo uma história que tinha ficado no passado. Que bem poderia haver em revirar o que tinha ficado para trás? O que tinha acontecido, tinha acontecido, e estava remediado, por solução alcançada ou, ao contrário, por falta de solução. Era essa a filosofia do Antero, a pessoa mais pragmática que já existiu. Só fazia o que, segundo ele, poderia levar a algum bem. Não fazia nada por um sentido de dever, ou o dever era uma consideração secundária, que precisava passar antes pelo filtro da utilidade. Na cabeça dele, a consequência dava a medida da obrigação moral: o certo era o que poderia ajudar em algo ou encaminhar alguma coisa boa. Eu procurava não pensar muito nisso, pois as suas qualidades eram tantas, mas era o tipo de filosofia capaz de despertar uma suspeita constante de que ele não era transparente, de que ocultava os seus horrores. E ocultava mesmo, talvez como todos nós. Um desses horrores, do qual ele aliás não tinha culpa nenhuma, eu pude conhecer.

 Durante todo o nosso casamento, o Antero e eu alternávamos, ano a ano, onde passávamos a ceia de Natal e o almoço do dia 25. Um dia com a família dele, o outro, com a minha. No caso da minha família, a reunião acontecia sempre no mesmo lugar, pois não poderia haver outro. Os meus pais permaneceram juntos toda a vida, e a casa na Gávea era o ponto de encontro natural. Quanto à família do Antero, poderia, em tese, existir alguma variedade ou, quando menos, alguma indefinição: os pais dele já estavam separados, embora continuassem muito amigos, quando nós nos conhecemos. No entanto, íamos sempre para a casa da mãe dele, só para a casa da mãe dele. Curiosamente (eu achava no início), às vezes encontrávamos o pai do Antero lá, agindo com naturalidade, tratando a ex-mulher com evidente carinho e intimidade. Eu achava aquilo o modelo da boa convivência pós-desquite. Não que a mãe do Antero correspondesse exatamente ao carinho do ex-marido, mas era educada com ele. Talvez um pouco fria, quem sabe um pouco incomodada, mas ela agia assim com todo mundo. O relacionamento dos dois parecia a mim muito civilizado.

Num desses Natais, fomos o Antero, eu e os meninos mais uma vez para a casa da minha sogra. Nesse ano, não havia nenhuma estranheza em encontrar o meu sogro lá, e não porque eu já tinha presenciado essa dinâmica outras vezes. Meses antes, a segunda mulher do pai do Antero tinha falecido. Natural que o viúvo procurasse a companhia da família, a família que ele tinha, a família que lhe havia sobrado, fosse ele plenamente aceito ou não. A certa altura da noite, depois da ceia, o Antero foi à cozinha ajudar a mãe a preparar o café e servir os chocolates. Fiquei a sós na sala com o pai dele. Bem, na verdade, o Vicente e o Cláudio também estavam lá, mas tinham deixado a mesa e, adolescentes que eram, estavam distraídos jogando algum minigame no sofá. Segundo o Antero, o pai já estava ficando senil, e, a sós com ele à mesa, achei que o seu olhar de fato parecia esvaziado, ausente. Tomei um leve susto quando ele pôs a mão sobre o meu braço e se dirigiu a mim num sussurro que eu penava para decifrar.

"Você sabe, é um negócio engraçado. Um bocado de amigo meu, pra tentar me confortar, disse que agora eu ia poder ter a vida de um homem normal. Copo meio cheio, sabe, aquela conversa. Quer saber de uma coisa, acho que eu gosto de dor de cabeça."

"Dor de cabeça?"

"É o que eles sempre falam. A turma que eu encontro ali embaixo do prédio, no Raquete. Bar bom, bar sossegado, sem briga, só papo e um carteado. Eu sento lá e eles ficam pra mim: *Quanta dor de cabeça. Agora você vai poder sossegar um pouco. Dê graças* e essa coisa e tal. A dor de cabeça, entende, de administrar duas."

"Duas?"

"Casas."

"A que você tinha com a sua esposa?"

"É uma."

"E a segunda?"

Ele soltou uma estranha gargalhada muda, o rosto dele se contorceu de graça, mas nenhum som saía da sua boca. A mão dele continuava sobre o meu braço e ele me apertou com um pouco mais de força, como se segurasse em mim para não cair.

"Essa aqui, oras."

"Administrar? Mas vocês já estão separados há tanto tempo."

A mesma gargalhada estranha.

"Separados? Nunca. Menos ainda agora, como você com certeza pode entender."

Senti o meu rosto queimar. Ele fixou o olhar em mim, um olhar subitamente afiado que me assustou, e prosseguiu:

"Mas, ó, por favor nunca pense nela, e muito menos trate, como se ela fosse a segunda. Ela se ofende. Fica brava. E, bom, agora ela passou de qualquer forma a ser a oficial, né?"

Ele largou o meu braço, retornou ao seu silêncio, a expressão alheada de novo em poder do seu rosto. O Antero não demorou a entrar na sala, levando uma bandeja de chocolates e bombons. Senti imensa pena dele, arrumando a mesa sem saber que o pai tinha acabado de quebrar um segredo. Ele morreria sem saber.

Na varanda do sítio, recordando esse Natal, a pena que eu tornei a sentir foi dando lugar a uma sensação de iluminação. O Antero tinha sido capaz de esconder que a irmã e ele eram filhos que o pai havia tido com a amante de vida inteira, que a mãe era a segunda mulher do pai, e não a oficial, como eu pensava. Ele obviamente não tinha nenhuma culpa disso. Ele era, de certa forma, a vítima, e mesmo assim ele havia omitido o fato à própria mulher, por certo pensando que a revelação não poderia trazer nada de bom para ninguém. Se ele tinha sido capaz de esconder isso, por que não poderia ter escondido, com facilidade muito maior, o que havia acontecido em Ararampava com a Isabela e com os nossos meninos? O Antero tinha aprontado um dos seus silêncios estratégicos.

Mesmo assim, ainda que ninguém quisesse me contar nada, eu poderia ter percebido algo diferente no Vicente e no Cláudio, algo que me levasse a fazer questionamentos, a ficar mais atenta, a ligar os pontos.

Na varanda, observando o jardineiro juntar a grama cortada, tentei relembrar alguma perplexidade minha, alguma estranheza que eu houvesse notado no comportamento dos meninos, nas suas conversas picadas pela casa. Mas as minhas memórias dessa época eram enevoadas, inconclusivas. Eu me lembrava do Vicente como o garotão entusiasmado de sempre. Entrava no meu quarto todo dia, contava qualquer história, que de costume terminava numa gargalhada, e logo saía. O Cláudio tampouco parecia mudado. Ele se demorava mais ao pé da minha cama, mas falava pouco, fazia pacata companhia.

Se bem que, eu pensei, não teria começado por essa época uma mania do Cláudio de dizer que sentia raiva ou revolta dentro de si? Era como se ele tivesse inventado um novo fecho para as nossas conversas, uma espécie de despedida. Ele soltava um "é, mãe, o que fica é a raiva aqui dentro" ou "dá revolta" e saía. Parecia despropositado, um arroubo gratuito. Pensando nessas tiradas ranzinzas, me voltou a lembrança de um jantar em que eu dei uma prensa nele, a prensa suave de uma convalescente da Guillain-Barré, sobre essa história de raiva e revolta.

O Antero e o Vicente tinham acabado às pressas de comer para ir assistir a algum jogo de futebol na tevê. Era nesses momentos, quando nós dois ficávamos sozinhos, que o Cláudio se sentia mais à vontade para conversar comigo. Ele compartilhou alguma angústia sobre a faculdade, algo sobre a dificuldade que ele sentia de encontrar colegas com quem se identificasse, que vissem o mundo da mesma forma como ele via. Ele deu alguns exemplos desse desencontro de sensibilidades, exemplos que não permaneceram comigo. Era uma angústia, no fundo, comum, e uma resposta comum foi a que eu lhe dei. Algo nas linhas de que todas as pessoas sentiam isso em algum grau e de que ele ia, sim, encontrar os seus pares, se tivesse paciência e não se fechasse. Ele não gostou do que ouviu, pois disparou uma variação dos seus bordões enfezados — "o que sobra é a raiva" — e quis sair da mesa. Eu pus a mão no seu braço.

"Toda hora você fala nessa raiva, nessa revolta. De onde vem tanta raiva?"

Ele não queria falar, mas eu insisti, chantageei recordando que eu estava me recuperando, e ele cedeu.

"É uma raiva assim difusa."

"Difusa?"

"Não é contra ninguém, nem contra nada em particular."

"Como pode isso?"

"É o tipo de comentário que me dá vontade de repetir *revolta, revolta, revolta*, e sair daqui."

"Então às vezes tem uma causa."

"Ela é difusa, mas às vezes é atiçada por certas coisas. O que eu sei é que nunca me abandona."

"Nunca?"

"É um círculo vicioso. É uma raiva que vem de dentro, que só aumenta com tudo o que eu vivo, até que acabo sentindo raiva de mim mesmo. Um inferno."

"E onde acaba essa raiva toda?"

"Se eu me concentro e penso no que eu tenho que fazer, no meu dever, se eu aceito que ele existe, eu consigo me acalmar. Mas é difícil pra caramba. Eu me sinto um fraco, e essa sensação alimenta a minha raiva. Nada é pior do que ser fraco."

"Ninguém é forte sempre."

"Eu sei que não. Mas o que importa é ser forte com o que é crucial."

"E o que é crucial pra você?"

"Honrar os meus compromissos. Isso não vale só pra mim. Só que nem todo mundo tá preparado pra aceitar. Ou nem todo mundo é forte suficiente pra aceitar e agir de acordo."

"Que compromissos você pode ter, meu filho? Tão novo assim? Ir pra faculdade? O que mais?"

Ele saiu da mesa, sem repetir as suas despedidas raivosas. Não precisava, os seus gestos falavam por si.

* * *

Na varanda, eu me dei conta de que o jardineiro já tinha encerrado as suas tarefas no quintal da frente. Eu afinal estava sozinha e me levantei com as pernas fracas. Eu estava chocada com a possibilidade de que o Cláudio fosse o pai das crianças da Isabela. Estava chocada com a possibilidade de que o menino que sobreviveu estivesse compartilhando comigo, agora um adulto, aquele mundo que eu não podia compreender.

25

O momento pelo qual eu tanto ansiava aconteceu numa tarde nublada, em que eu não esperava nada e em que eu só saí do sítio porque a Dona Almerinda, reclamando do joelho, deixou claro que não queria ir ao vilarejo comprar o que faltava na despensa. Sim, eu poderia ter precipitado esse momento antes, e não me faltou vontade para isso — em quantas caminhadas pela minha rua sem saída eu não pensei em tomar a iniciativa... — mas eu não queria um encontro forçado, e me contive. Aguardei a providência do acaso. Na mercearia do Selênio, procurando o corredor dos temperos, acabei topando com a Isabela.

Só que a mercearia não era o lugar ideal para ter a conversa que eu queria e precisava ter. Não estávamos sozinhas. Quanto menor a cidade, menos se consegue estar a sós num lugar público. A Isabela estava agachada, tentando alcançar algum produto numa prateleira baixa, e por um segundo achei que eu poderia dar uma meia-volta sem que ela me notasse. Então eu poderia pensar numa abordagem. Mas fui traída pelo barulho dos meus passos. Tive de seguir em frente, nós nos cumprimentamos com um aceno seco e um *oi-oi* chocho, peguei o saquinho de folhas de louro encomendado pela Dona Almerinda e deixei o corredor.

Fiquei à espreita. A meia distância, atrás das gôndolas, fazendo o possível para permanecer fora do seu campo de visão, eu segui a Isabela dentro da mercearia. Eu ainda não tinha terminado de apanhar todos os itens da lista da Dona Almerinda. Não tinha importância. Guardei o papel na bolsa. A dinâmica tinha se invertido, pensei: eu estava no encalço da vizinha como ela costumava ficar no meu, à frente da minha casa. Quando ela afinal se dirigiu ao caixa, eu fui atrás. Ela nem olhou para mim. Quem passava as compras era a Cidinha, viúva do Selênio, que, morto havia tanto tempo, continuava a dar nome à loja. Não pude deixar de notar que a Cidinha, embora por certo conhecesse a Isabela desde sempre, não foi simpática. A frieza era mútua. A Cidinha bateu o preço dos produtos na caixa registradora, guardou tudo em sacolas de plástico, e as duas se despediram com um simples *tchau*.

Era a minha vez. Eu mesma abri as sacolas para ensacar as compras, conforme a Cidinha batia os preços na máquina. Ela não gostou e me olhou enviesada. Paguei em dinheiro e disse que ela podia ficar com o troco. Saí às pressas da loja enquanto a dona protestava, balançando as notas no ar.

Na rua principal, vi que a Isabela já estava um tanto longe. Ela sempre teve o passo ligeiro, furtivo, o olhar baixo como se não quisesse se distrair com nada, como se nada pudesse lhe dizer respeito. Acelerei a passada, quase corri, e consegui chegar ao seu lado.

"Que sorte ter te encontrado." Eu estava ofegante, mas ela não reduziu o passo. "Estava querendo falar com você tem um tempo."

Ela me espiou de canto de olho de um jeito meio incrédulo, meio cabreiro. Eu não esperava sentir o que senti, eu jamais poderia imaginar que teria condições de notar o que notei, mas a Isabela me pareceu inesperadamente bonita. O céu estava encoberto, mas as nuvens tinham afinado perto do horizonte, e uma luz fosca caía sobre o rosto dela. O efeito era o de uma pintura antiga, esmaecida pelo tempo não de uma forma desfavorável, mas de uma forma que realçava a graciosidade. Sem maquiagem, com as suas roupas surradas, com os seus modos brutos, a Isabela me pareceu uma mulher muito bonita, autêntica, que havia brotado naquela terra atrasada e irrelevante por um erro na distribuição das almas.

Ela estava com o rosto virado para o outro lado da rua, como se quisesse me espantar pela simples força da sua hostilidade.

"Eu queria ter uma chance de falar com você em paz, só nós duas, longe de todo mundo, sem bisbilhotices, sem suspeitas." O único jeito de lidar com a Isabela, eu sabia, era diretamente, com franqueza: "Aceita me acompanhar, dar uma volta perto do riacho, pra conversar melhor?" Apontei uma das vielas que serviam como atalho para a mata, contornando a nossa rua. Ela não chegou a me responder, ao certo. Levantou os ombros e balançou a cabeça, bem de leve, o que eu não soube se era uma aceitação a contragosto ou uma negativa desdenhosa. Não forcei nem forçaria nada, mas, quando eu dobrei a viela seguinte, ela me acompanhou.

"Sabe uma coisa que eu descobri aqui, nesses meus meses em Ararampava? O Cláudio que você conheceu eu nunca poderia nem desconfiar que existia. Assim como eu convivia com um Cláudio que provavelmente não se revelava do mesmo jeito pra você. Você deve estar pensando: *é meio óbvio, né?*" Ela não disse nada. Talvez não fosse falar nada, nem naquela tarde, nem nunca mais. Continuei. "Só que não é. Não foi. Pra mim, não foi." Ela me olhou ressabiada. "Quando eu cheguei, por um tempo eu achei que você ficava indo até a minha casa, ficava parada no portão, pra vigiar o que o seu marido estava fazendo. O *que* ele poderia estar fazendo de errado ou de suspeito, eu não sabia. Depois, quando você passou a aparecer até, ou principalmente, nos dias em que o Luciano não estava trabalhando no jardim, foi ficando claro que o motivo era outro. Não tinha nada a ver com o seu marido. A Dona Almerinda, que é mais viva do que eu pra tanta coisa, talvez pra tudo, logo me cutucou quando percebeu as suas rondas: *ela quer falar alguma coisa com a senhora.* Eu não dei trela. Afinal, o que você poderia querer falar comigo? Não tínhamos nada em comum. As nossas circunstâncias, a nossa história, tudo era tão diferente. Você era amiguinha dos meus filhos quando eram todos crianças, mas isso era com eles. O que você poderia ter pra falar comigo? Com a mãe?" O olhar dela fixo no chão, ou, na verdade, na terra, pois já tínhamos deixado o asfalto das pequenas ruas de Ararampava, já caminhávamos mata adentro. "Agora eu sei. Pelo menos em parte, eu sei. Eu sei que você queria falar sobre o meu filho, não queria? Queria investigar até onde eu sabia sobre o passado dele. A curiosidade te movia, não movia? Porque o Cláudio poderia muito bem ter revelado coisas pra mãe antes de falecer. Da própria boca ou, sei lá, num papel deixado dentro de um cofre..." Senti que os passos da Isabela começaram a se arrastar um pouco, como se as minhas palavras tivessem pesado sobre ela. Será que ela sabia do pedido de exame em que o Cláudio tinha escrito NÃO? Talvez ele tivesse contado para ela. Ou talvez ela não soubesse de nada, e temesse, agora, o que estava escrito naquele papel — uma confissão, uma acusação, uma calúnia? Soubesse ela ou não, eu precisava fazer um primeiro gesto, voluntariar alguma confidência, se eu queria que ela se abrisse comigo. "Porque ele deixou, sim, um papel dentro do cofre. Não na minha casa, não no meu cofre, eu nunca tive um cofre. Na casa dele. A Júlia foi quem achou. Ela que me mostrou. Não era uma carta. Não estava dirigido a ninguém. Não trazia confissões, pedidos nem revelações. Ou trazia, mas não num texto escrito por ele. Não como numa página de um diário. Não como numa mensagem de despedida. Num pedido de exame. Um pedido antigo, um pedido feito muito antes de ele contar que estava com câncer, um pedido que poderia ter levado à cura, se ele tivesse decidido cumprir o que o médico recomendava. Ele não quis. E escreveu um NÃO de próprio punho no pedido, pra que não ficasse nenhuma dúvida de que a rebeldia era uma decisão dele." Chegamos à beira do riacho, e a Isabela, contra as minhas expectativas, se sentou na raiz de uma árvore e largou as sacolas de compra no chão de terra. Eu continuei de pé. "Ele teve uma chance real de se curar, mas se recusou a se tratar. Eu pesquisei, eu li tudo sobre o câncer de fígado. Naquele momento, havia uma chance. O tumor era pequeno, apesar de agressivo, os marcadores diziam isso. Ele podia se curar, ele tinha uma chance, ele não quis. NÃO, NÃO, NÃO, um único NÃO em letra de forma foi o que ele escreveu no exame, como um carimbo da sua negação. Uma letra tão bonita, a letra do meu filho, escrevendo uma palavra curta e, meu Deus, monstruosa." Ela olhava para baixo, mexia na terra com um graveto qualquer. "E agora algo me diz que você já sabia disso."

"Sim, eu sabia, sim senhora. Ele era louco." Ela não disse isso com desprezo ou como um insulto. Ela chamou o meu filho de louco como se me pedisse desculpas por ele ser assim — mais tarde, relembrando a nossa conversa, isso me pareceria muito claro. Na hora, entretanto, ouvir aquilo me encheu de raiva. Eu tinha acabado de fazer uma confissão, e o que eu ouvia de volta era que o meu filho era louco? Ofensa. Desrespeito. Custou, quanto custou segurar o meu ímpeto de contra-atacar, mas eu consegui me conter. Ela tornou a falar: "Ele arrumou uma prisão pra ele mesmo. Eu não tive culpa. Ele se prendeu, por culpa dele mesmo ele se prendeu, e depois, ô dona, depois ele viu a doença como um jeito de se libertar da prisão que ele mesmo criou. Por que ele não se libertou sozinho do que ele inventou? Por quê, ô dona? Ele era louco, ele era louco, ele não quis. Só queria sair se fosse sem vida." Ela parou, deixou o graveto escorregar da mão, cruzou os braços sobre os joelhos, baixou a cabeça. Eu queria me sentar também. Eu não conseguia me concentrar para achar um lugar onde me sentar. Larguei as minhas sacolas no chão de terra e esperei. "O que ele aprontou faz eu me sentir culpada. Às vezes, eu acho até que ele fez tudo o que fez, e não tô falando só da morte, só pra eu passar o resto da vida me sentindo assim, carregando essa culpa. Como se fosse um ajuste de contas, um troco, ou uma vingança. Mas não, não, não, se eu penso assim, eu me sinto ainda pior. Não posso ver o Cláudio como mau. Não tenho esse direito. Eu afasto esse ódio de mim, mas aí o que sobra é o mistério. Esse mistério que nunca me abandona. Por que ele criou essa loucura pra ele, ô dona? Não precisava. Não fui eu, não fui eu."

"Mas de que prisão você tá falando, menina? Que prisão é essa?"

Ela então olhou para mim. Finalmente ela olhou para mim, e o seu olhar me desconcertou. Uma intensidade infinita, tocada pela beleza, animada pela convicção, extinguiu por alguns instantes o alvoroço dos meus sentimentos, me reduziu a um estado de suspensão. Senti, pela primeira vez, que talvez eu pudesse entender o arrebatamento do meu filho. Senti que lutar para ter aquele olhar para si, para ter aquela moça para si, poderia ser uma aspiração justa na vida de um rapaz.

"Uma promessa," a Isabela me disse, o seu olhar afinal baixando, o seu rosto se desmontando num alívio exausto. "Uma promessa. Ele fez pra mim uma promessa. Quando a gente era tão novo, adolescentes ainda, ele me prometeu uma coisa. E quis ir até o fim dessa promessa."

"A gravidez."

"Ele se sentiu culpado. Me vendo daquele jeito, passando por aquilo tudo. Ele se sentiu culpado. Não tinha cabimento isso. Que culpa? Mas ele se sentiu culpado."

"A culpa dele não tinha cabimento? Quer dizer que os filhos não podiam ser dele?"

Ela começou a chorar. Eu insisti.

"Os filhos eram dele? Você sabe quem era o pai?"

O choro, apenas o choro. Comecei a andar em círculos diante dela. Soluçando, ela tornou a falar.

"Eu fiquei dois dias entre a vida e a morte. Não me lembro de nada desses dias, devo ter ficado o tempo todo desacordada, mas os meus pais contam que o Cláudio ficou se revezando com eles à beira da minha cama. Quando os meus pais voltavam, às vezes espiavam o Cláudio. Ele estava sempre falando comigo, a voz baixa, do jeito dele. O que ele dizia, do lado do meu corpo fraco, era que não ia conseguir conviver com aquilo. Que, dali por diante, se eu sobrevivesse, ia fazer de tudo pra reparar o que aconteceu. Reparar, essa foi a palavra que ele usava. Os meus pais achavam tão estranho, mal entendiam. Quando as bolsas e bolsas de sangue que eu recebi me deram forças, e a minha consciência voltou, o Cláudio então falou comigo. Falou que não ia discutir nada, que não ia questionar a minha decisão de dar as duas crianças pra adoção, que não ia tocar em nenhum assunto que pudesse me chatear. Mas disse que ia fazer tudo, dali pra frente, pra remendar o que tinha acontecido. Ele sabia que tantas coisas não iam poder ser desfeitas. Mas ia fazer tudo o que estivesse ao alcance dele pra me ajudar, pra consertar o que fosse possível na minha vida, pra me dar o melhor futuro possível." Ela me olhou de novo, e eu, que continuava andando em círculos, estaquei. Uma energia abrasadora dominava o seu rosto. "Ele tomou a minha mão e falou: *é uma promessa, você aceita essa promessa?* Ele insistiu que eu aceitasse. Ele queria ouvir de mim que eu aceitava. E eu aceitei, ô dona, eu aceitei. Na hora, eu achei que era uma promessa à toa, da boca pra fora, quem não acharia? Uma tentativa de me reconfortar, de me dar esperança, uma tentativa que nascia da pena e que logo ia ser esquecida, por ele e por mim. Eu não sabia que ele ia passar o resto da vida fazendo de tudo pra cumprir o que prometeu ali, à beira da cama do hospital. Eu não sabia que isso ia virar uma prisão. Uma prisão pra mim. Uma prisão pra ele. Eu não sabia." Ela tornou a baixar a cabeça sobre os joelhos. "Quando a senhora veio morar aqui, eu ficava indo até a sua casa, sim, e era pra pedir desculpa. Se eu não fiz isso, se eu ficava parada feito uma pamonha, agarrada ao portão, é porque me faltava coragem pra entrar. Mas o que eu queria era pedir desculpas. Porque eu nunca contribuí com nada pra loucura dele. Pelo contrário, eu falava pra ele parar com aquilo. Com toda a sinceridade, eu falava pra ele parar com aquilo. Ele nunca me ouviu. Eu ouvi alguém dizer uma vez e repetia pra ele que uma promessa não passa de uma fala, e que uma fala não passa de vapor, que se desmancha no ar. Não adiantava, ele não aceitava, ele não queria ouvir." Ela ficou repetindo baixinho, só para si: "ele não queria ouvir, ele não queria ouvir".

"Uma promessa?", eu perguntei, com raiva, para mim mesma. "Uma promessa feita na adolescência, ainda por cima? É isso que explica tudo o que veio depois, todos os mistérios do Cláudio?" Eu parei diante dela. "Mas uma coisa continua sem fazer sentido. Se cumprir essa promessa, meu Deus, essa promessazinha de adolescência, era a missão de vida do Cláudio, se tudo girava em torno disso, por que ele não quis se tratar? Por que deixou o câncer avançar, por que se deixou morrer, se isso impedia o cumprimento da promessa?"

Ela falou de cabeça baixa, e eu me curvei para conseguir escutar. "Ele não aguentava mais viver uma vida dupla. É o que ele dizia. Ele não conseguia me deixar de lado, porque isso feria os princípios dele, mas ao mesmo tempo ele sabia que não podia contar nada pra família dele nem pra ninguém, porque ninguém ia entender. Enganar os outros pra poder fazer o certo, ou o que ele achava certo, foi ficando cada vez mais pesado, foi ficando agoniante com os anos, eu via isso nele. E ele pensou: *quem pode culpar al-*

guém por não conseguir se curar de um câncer? É horrível, é horrível, mas ele viu a doença como uma solução."

Não aguentei ouvir isso. A ideia de que o meu filho tinha preferido desistir da vida a abandonar uma promessa ingênua feita na adolescência, não, não, eu não aguentei. A minha raiva voltou, irreprimível. "Ah, mas olha aqui, mas me desculpa. Pra que o Cláudio se sentisse assim tão preso a você, a ponto de reformar a sua casa, de vir aqui escondido, de mendigar uns minutos da sua companhia no sítio, de deixar a própria carreira em segundo plano pra não ficar longe de você, e eu a tonta achando que ele não queria era ficar longe de mim, da Júlia, sempre foi de você, de você, ah, mas eu não posso acreditar que você não desse nenhuma corda. Não dá pra acreditar que você realmente tenha tentado rejeitar, afastar. Uma mulher sabe afastar quando quer. Duvido que você, com esse seu jeitinho meloso, dissimulado, que tem desde pequena, não tenha insinuado discretamente, ah, tão discretamente, que precisava sim do apoio dele, que queria sim que a promessa fosse cumprida. Olha a sua casa. Tá linda, não tá? Quer que eu acredite que você não incentivava o meu filho a fazer mais e mais agrados? Quer que eu acredite que você não dava, em troca, o que ele queria, mesmo casada? Ou talvez não desse mesmo, quer saber, pra manter de maldade o meu filho naquele estado de busca, de vontade, pra judiar dele. Fala que é mentira, fala!"

Ela se levantou e me encarou de novo, com um olhar de revolta. "Eu?! Nunca! Nunca alimentei nada. Pelo contrário. Ele fazia tudo contra a minha vontade. Eu sempre falava pra ele que ele estava louco. Eu falava que ele tinha que procurar ajuda, que tinha que ficar com os dele, com a mulher dele, com o filho dele. Ele aceitava? Ele me ouvia? Aquele louco achava que o valor dele, como homem, estava em cumprir aquela promessa doida. Dona, ô dona, nem tenta imaginar a quantidade de briga que eu tive com o Luciano, depois que eu me casei, por causa dele. Por acaso o meu marido tinha como achar normal aquela cercação toda, aquela insistência, aqueles gastos? O Luciano achava que eu tinha um caso, como não acharia? Qualquer um acharia. Que tormento pra minha vida! Quantas vezes eu não pensei em sair daqui, em desaparecer sem deixar rastro, em sumir, mas depois eu desistia, eu pensava melhor e desistia, porque ele ia me encontrar de qualquer jeito, não ia sossegar enquanto não me achasse. Dona, ô dona, esquece essa história de agrados, de coisas materiais, que eu nunca dei valor a isso. Pensa no inferno que essa obsessão do seu filho criou pra minha vida. Pensa! Ele nunca me deixou em paz."

Eu pensei. Eu pensei, chocada, que o meu filho tinha dedicado a sua vida a ajudar quem não queria ser ajudada. Que o meu filho se deixou morrer porque estava exausto de cumprir uma promessa que a própria interessada via como uma maldição. Que o meu filho desperdiçou a sua vida e abriu mão do seu futuro por causa de uma ingrata. "Ingrata! Tô pensando, sim, tô pensando que, se você não tivesse recebido aquelas bolsas de sangue, promessa nenhuma teria sido feita. Talvez o meu filho estivesse aqui, e você é que não estaria. Ingrata!"

A Isabela pegou as suas sacolas e saiu correndo pela mata.

26

Era o tipo de compromisso social de que me custava participar, e era o tipo de compromisso social infelizmente mais comum na nossa vida de casados. Apenas a certeza de que o Antero falaria por mim, me protegendo de qualquer assunto desagradável ou pergunta indiscreta, amenizava a minha insatisfação.

Um casal de médicos que trabalhavam no mesmo hospital do Antero nos recebeu na sua casa, numa noite de sexta-feira, para jantar — filhos à parte, filhos não convidados. Embora ausentes, ou justamente porque ausentes, os filhos acabaram sendo o principal tema das conversas. Ou filha, para ser mais exata, pois eles tinham apenas uma filha, e nós não chegamos a falar dos nossos. O casal queria desabafar, e a verdade era que nós não enfrentávamos problemas comparáveis com os nossos meninos, problemas que pudessem servir como uma perversa, mas real forma de conforto. Nessa época, o Antero e eu tínhamos que lidar, no máximo, com pequenas crises e imaturidades da adolescência, enquanto a menina do casal já havia entrado na vida adulta, cheia de ideias extravagantes e atitudes radicais.

Ela tinha se formado em Antropologia alguns meses antes e, tão logo recebeu o diploma, saiu de casa e cortou relações com os pais. Ela não tolerava que os dois, a mãe como clínica e o pai como cirurgião, lucrassem com o sofrimento alheio. Saiu de casa para viver uma vida de doação, ascética. Não queria que o dinheiro fosse o seu objetivo primordial. Para ela, isso era uma abominação. O pensamento anarquista da filha não era novidade, mas o casal nunca havia imaginado que ela colocaria os seus princípios em prática. Estavam deprimidos, desesperados, já tinham contratado um investigador particular, sem resultado, e estavam cogitando se aposentar, por incapacidade de se concentrar nos atendimentos clínicos e, o que era pior, nas cirurgias.

Não havia muito o que dizer para os dois, nem eles esperavam de nós nenhum acalanto, salvo a nossa atenção. A princípio, o Antero disse o que era de se esperar: que ela estava tendo uma experiência, que veria as dificuldades e o perigo de seguir adiante com o seu radicalismo, que passaria a entender a importância do dinheiro como um incentivo para fazer o bem e atender às necessidades das pessoas, que logo retornaria para casa ou, quando menos, daria notícia. Só que o assunto não se esgotava.

O casal tinha infinitas maneiras sutis de analisar a situação e queria compartilhar todas as nuances conosco. De modo que, a certa altura, com o bom senso desgastado pelo cansaço e talvez por algumas taças de vinho a mais, o Antero foi além dos comentários esperados.

"Olha, eu não tô minimizando o que vocês estão passando" ele disse, debruçando-se sobre a mesa de jantar para reforçar a impressão de intimidade, "mas, convenhamos, toda vida humana se torna um desastre, em algum momento que seja. Ou o desastre é que procura a pessoa, ou a pessoa é que procura o desastre. De novo," ele se aproximou ainda mais dos anfitriões e baixou um pouco a voz, "não tô minimizando nada. O que é horrível é horrível e não deixa de ser por causa de nenhuma teoria. Mas, eu não sei... a gente tende a sofrer mais quando vê alguém, ainda mais alguém muito próximo, alguém nosso, como um filho, estragar a própria vida. A gente não aceita. Dói de verdade. Mas a gente esquece que, se essa pessoa querida não procurasse o desastre, o que nos garante que outro desastre não a encontraria em algum momento? Os desastres são um festival. O desastre é a regra. Pra terminar, eu digo só uma coisa: não é impossível tirar certo conforto dessa teoria. Vocês não tinham como a proteger de tudo. Um desastre ia acontecer de qualquer jeito, mas, da forma como foi, ela ainda tem a chance de consertar."

Bebi a minha água de nervoso. Achei tão, tão inadequado aquele comentário. A minha vontade era imediatamente falar alguma coisa, qualquer coisa, mudar de assunto, elogiar a comida, a toalha de mesa, mas nada me vinha à cabeça. Era o Antero quem me protegia, e não eu a ele. O casal olhava para a parede oposta, em silêncio, o rosto de ambos uma lacuna vincada de rugas, e eu temi pelo que eles diriam. Mas os dois gostaram da teoria do Antero, ou foram educados o bastante para fingir que tinham gostado, e logo tornaram a especular sobre os possíveis paradeiros da filha.

Sozinha no vilarejo, caminhando pela mata, indiferente às plantas e aos bichos, repassando na cabeça sem parar a minha conversa com a Isabela, recordei a distinção feita pelo Antero. O que antes me pareceu inadequado, agora me parecia inesperadamente realista. O Cláudio tinha procurado um motivo para estragar a sua vida ou o motivo é que tinha encontrado o meu filho? Ora, o Vicente tinha sido exposto às mesmas circunstâncias, ou a circunstâncias muito parecidas, e o seu destino se construiu inteiramente outro. A vida do Vicente não se tornou um desdobramento do que havia acontecido em Ararampava naquela fase de adolescência. Bom, a não ser que a partida dele para Fortaleza tivesse algo a ver com esse passado. A não ser que a partida fosse fruto de um desejo, consciente ou inconsciente, de se distanciar tanto quanto possível de Ararampava. Não, isso não seria do feitio do Vicente. Por outro lado, ele tinha ficado uma eternidade sem viajar para o sítio e nem sequer gostava de tocar no assunto. Por ele, teríamos vendido a propriedade logo depois do falecimento do pai. E ele tinha insinuado, além do mais, na sua visita surpresa, que o Cláudio tinha se deixado se sentir responsável por algo que não era responsabilidade dele. O Vicente acreditava ou sabia que os filhos da Isabela eram seus? E, se esse fosse mesmo o caso, ele teria lidado com a situação melhor ou pior do que o Cláudio? Melhor ou pior para quem?

    Essas dúvidas, que me enojavam, me levavam de volta a uma das coisas que mais me angustiavam desde a conversa com a Isabela. A sensação de que ela não era grata por tudo o que o Cláudio tinha feito em benefício dela. A sensação de que não apenas ela não era grata, como via tudo como uma grande inconveniência. A sensação de que ela encarava o meu filho como um intruso, como um mala. E ela ainda confessou que falava abertamente para ele parar. Eu não podia entender por quê, diante disso, o Cláudio não tinha abandonado a sua promessa. Ele havia prometido o que prometeu num momento de choque, de dor e piedade, mas as circunstâncias tinham se transformado com o tempo. Se a própria pessoa a quem a promessa se dirigia tinha declarado que o cumprimento não era mais necessário ou bem-vindo, se se revelou que cumprir a promessa envolvia um sacrifício pessoal incalculável, por que seguir em frente a todo custo, contra a vontade da própria interessada e contra si próprio? Era impossível entender a insistência diante de tamanha ingratidão. E não havia desculpa para essa ingratidão. Ela era pobre, sim, e não tinha recebido educação de berço, mas ninguém pode usar a própria ignorância ou pobreza como pretexto para não demonstrar gratidão. A gratidão não exige esforço. Para mim, pelo menos, a Isabela não tinha manifestado nenhum reconhecimento pelo que retratou como a louca obsessão do Cláudio. Só incompreensão, revolta até. *Ele era louco, ele era louco...*

A Isabela à parte — a Isabela, que não tinha nenhuma importância, à parte, porque o que tinha importância era o meu filho, o que ele sentia, e não aquela menina — a Isabela à parte, eu não conseguia entender por que a promessa feita na adolescência se sobrepôs a todas as outras que o Cláudio acumulou durante a vida adulta. Ainda que não fossem promessas no sentido estrito, como aquela que ele tinha feito perante a vizinha, ainda que fossem compromissos, mas o que seriam compromissos se não promessas, promessas simbólicas assumidas de boca, no papel ou por consequência de atos? O Cláudio tinha acumulado ao longo da vida, dentro dessa lógica, a única lógica possível na visão de mundo da maturidade, uma série de promessas, com a sua mulher, com o seu filho, com o seu empregador, com a sua mãe, com o seu irmão. Promessas que deveriam, pela força da natureza, pela força da moral, pela força das circunstâncias, pela força da passagem do tempo, ter se erguido acima da promessinha feita, na adolescência, ainda por cima na adolescência, perante a vizinha do sítio de veraneio da família. Qual era a explicação? Ele aplicava um critério besta de antiguidade? Não fazia sentido. Mais do que besta, seria errado: por que conferir a um momento específico no tempo o poder de reinar com absolutismo sobre toda uma vida, passando por cima das inevitáveis transformações na rede de deveres e lealdades que nos prendem ao mundo real? Não podia ser tampouco um critério de gravidade. Jamais a promessa assumida com a Isabela poderia desbancar o dever de estar junto e de ser transparente com a Júlia e o Tomás. A não ser que ele não enxergasse nenhum conflito entre a promessa feita no hospital e os seus compromissos de marido e pai. Mas a própria Isabela disse que ele tinha se deixado morrer porque não suportava mais levar adiante uma vida de duplicidade. Eu odiava reconhecer que a vizinha talvez estivesse falando a verdade. Se eu embarcava nesses pensamentos, eu me via dando razão à vizinha e, com imensa náusea, também acreditava que apenas a louca obsessão do meu filho poderia explicar o que aconteceu. Ele permitiu que a sua escala de valores, a sua moral, ficassem enquadrados pelos limites estreitos da promessa, e isso o impediu, dali para a frente, de enxergar a realidade por inteiro. Obcecado, ele não conseguiu perceber, ou não se permitiu convencer, que nenhuma promessa deve ser levada adiante se está em conflito com os laços da natureza. Vício, parecia que a promessa tinha se tornado um vício para o Cláudio. Ou uma distorcida forma de covardia, uma forma de se esquivar de cumprir o que se esperava dele como pai, como marido, como filho, como empregado. O escudo de uma promessa antiga, livrando-o de lidar com as incertezas e as imperfeições de qualquer relacionamento. Uma promessa de juventude, que não deveria ter preservado qualquer peso com o decorrer da vida, tornada irreversível e tirânica, por loucura ou conveniência.

Tantas vezes eu visitei o padre Eduardo para conversar sobre as minhas angústias. Apesar de atencioso, ele quase sempre ficava quieto, como se acreditasse que não podia mais me ajudar, ou como se achasse que eu já conhecia todas as respostas e me faltava apenas aceitá-las. Um dia, no entanto, um dia ruim em que quase chorei dentro da igreja, ele recomendou que eu tentasse buscar, nas memórias que eu guardava do meu filho, alguma lembrança, mesmo que aparentemente irrelevante ou banal, que pudesse de alguma forma explicar as escolhas feitas por ele. "Se não normalizar o destino que ele escolheu," ele disse, "pelo menos iluminar. De fora talvez pareça que o Cláudio, ao invés de anular a promessa feita lá atrás para encontrar a si mesmo, seguiu o sentido oposto, anulando a si mesmo para manter a promessa. Mas essa aparência não necessariamente reflete a realidade. A verdade de uma vida nunca pode ser encontrada de fora, mas apenas dentro dela mesma. A vida do seu filho foi a vida do seu filho, e você não tinha como viver ou escolher por ele."

Na hora, isso soou como palavras de efeito tolas e como um conselho sem inspiração. Respondi que tudo o que eu vinha fazendo, desde a minha chegada a Ararampava, e ainda antes disso, desde que a Júlia tinha revelado o exame guardado no cofre, era explorar o passado, era conhecer melhor e tentar decifrar as escolhas do meu filho. Ele não tinha deixado o pedido de exame no cofre como um convite truncado para essa exploração? Eu tinha atendido ao convite, eu tinha explorado, e nada. Ou alguma coisa: a loucura, a obsessão, a crueldade contra si mesmo como as únicas respostas.

O padre não insistiu, mas o conselho dele acabou ficando comigo. As lembranças dos momentos críticos da vida do Cláudio, as decisões mais importantes, as nossas discussões, foram dando lugar a recordações singelas do dia a dia. Foi assim que, numa manhã, a lembrança do pedido de exame no qual ele tinha escrito o seu horrível NÃO me levou a outro papel, de um passado distante e até então adormecido. O Cláudio devia ter uns seis anos, pois estava aprendendo a ler e escrever. O Antero e eu, de comum acordo, achávamos que já estava na hora de matricular o nosso caçula em atividades além da escola. Natação, tênis, inglês, piano, nada muito fora do normal. Ao contrário do irmão, o Cláudio tinha um temperamento muito dócil nessa fase da infância e aceitava frequentar as aulinhas sem dramas, sem reclamar. Mas logo ele demonstrou um gosto especial pelo piano. Todas as segundas-feiras, ele tinha aula numa escola de música do bairro. Depois, ao longo da semana, eu me sentava com ele na sala, terminado o lanche da tarde, e repassava as lições de casa, as escalas, os exercícios de técnica, a partitura da vez, junto ao teclado Yamaha de teclas sensíveis que tínhamos comprado para ele e o irmão praticarem. Às vezes, acontecia de o Antero chegar em casa quando o Cláudio ainda estava praticando. Então ele parava perto de nós, dava um beijo e fazia um cafuné no nosso filho, e ficava em pé escutando um pouco, antes de ir trocar a roupa. Num desses dias, por certo uma sexta-feira, porque eu me recordava do ar a um só tempo aliviado e esgotado do meu marido, o Antero comentou, no intervalo entre duas canções, que o Cláudio tinha muita sorte de ter uma mãe como eu, que não só o levava para as aulas, como o incentivava e tinha prazer de ficar do seu lado, ouvindo e fazendo companhia. O Cláudio, que ainda vivia sob a ilusão infantil de que a sua experiência não era singular, refletindo, ao contrário, a experiência de todas as crianças de todos os tempos, desdenhou sem querer do comentário do pai.

"Ah, mas toda criança tem isso, pai, você também teve."

O Antero balançou a cabeça, disse que não tinha tido e, fazendo outro cafuné no Cláudio, deu um passo para ir ao quarto trocar a roupa.

"Ninguém te ensinou a tocar piano, pai?"

O Antero confirmou que não, repetiu que o Cláudio tinha muita sorte e sumiu corredor adentro.

Enquanto o pai esteve na sala, o Cláudio conseguiu se conter, mas, assim que se viu sozinho comigo, chorou e chorou, de cair lágrimas sobre as teclas. Ele não quis mais praticar naquele dia, que, no mais, seguiu o seu curso de sempre. Os meninos jantaram conosco, fizeram a tradicional algazarra de sexta à noite e foram dormir no quarto do Vicente, enquanto o Antero e eu assistíamos a algum filme na tevê.

Na manhã seguinte, ao acordarmos com o barulho dos meninos brincando pela casa, o Antero encontrou, na sua mesa de cabeceira, sob o relógio, uma partitura do livro de lições de piano do Cláudio. Era a primeira folha do livro, e o nosso caçula a tinha cortado com cuidado, usando uma tesoura, e nela tinha escrito, no topo da página, com a caligrafia tremida de um menino que estava apenas começando a ser alfabetizado: PAPAI LIÇÃO 1. O Antero segurou a folha sobre o peito, e nós dois rimos.

Eu não vi mais essa folha e, por muito tempo, eu me esqueci da sua existência. Quando o Antero faleceu, eu a encontrei entre fotografias e cartas recebidas na juventude, dentro de uma caixa de arquivos e bricabraques sentimentais que ele mantinha no fundo do armário. Deixei a folha ali, e me esqueci dela outra vez. Era tolo, mas, por uns instantes, em Ararampava, eu tive a esperança de que eu havia trazido esse papel para o sítio. Procurei, procurei nos pertences que eu tinha colocado no carro para a viagem, mas não, ele não estava comigo. Ainda assim, sentada a sós na varanda, era como se eu tivesse a folha entre os meus dedos e pudesse rever a letra tremida do meu filho sobre as pautas e as notas da partitura.

27

O Vicente estava assando as carnes na churrasqueira. Abanava para manter o fogo aceso, punha sal grosso nas peças antes de colocar sobre a grelha, usava ramos de tomilho para umedecer os cortes de tempos em tempos, e cantarolava músicas do Nordeste que eu não conhecia. As minhas noras, Marcela e Júlia, preparavam os drinques. Ou melhor, dois drinques: *screwdriver*, usando as laranjas colhidas no pomar natural de Ararampava, e gim-tônica, em que espremiam os limões que também davam na mata, só um fio do caldo para caprichar na acidez, segundo elas. O Tomás e os dois primos, Pamela e Gabriel, brincavam no parquinho que eu tinha montado no quintal de casa, tomando parte do espaço antes ocupado pelo jardim. Escorrega, pula-pula, caixa de areia, gangorra, balanço, um brinquedo de se pendurar. Quanto trabalho o Luciano não teve para extirpar as plantas, derrubar os canteiros, aplainar o terreno para, enfim, levantar aquele miniparque infantil. Não foi fácil para mim decidir pôr abaixo metade do jardim, o jardim que era a paixão do Antero e que eu também passei a adorar. Mais difícil ainda foi assistir, da varanda, à lenta destruição por mim determinada. Mas eu tinha um plano, e aquela era a condição para que existisse uma chance de sucesso, aquele era o preço a pagar.

    Eu sabia que, se dependesse dos adultos, eu não conseguiria reunir a família em Ararampava. Eu precisava, primeiro, conquistar o interesse das crianças, tornar cada um dos meus netos um aliado. Encomendados todos os brinquedos numa loja de Itaipava, reformado o quintal, instalado tudo, eu tirei fotos, mandei imprimir e enviei pelos correios para o Rio de Janeiro e Fortaleza. Mas não coloquei as fotos dentro de envelopes pardos, sem graça, e ponto. Seguiram dentro de cartões coloridos, guardados em caixas repletas de jogos, bichos de pelúcia e outros agrados. Complementei com telefonemas constantes para os pequenos, telefonemas nos quais, é preciso admitir, usei de alguma chantagem. Funcionou. Não que eu tivesse me visto dispensada de insistir com o Vicente, com a Marcela e com a Júlia, mas todos afinal se comoveram, ou cansaram de resistir, e subiram a serra para passar um fim de semana comigo.

    A minha intenção era celebrar a memória do aniversário do Cláudio. Ou não exatamente celebrar. Antes, recontar. Recontar a vida dele. Eu queria compartilhar com o Vicente e com a Júlia, nós três juntos e mais ninguém, o que eu tinha descoberto sobre o passado do meu filho. O objetivo não era pôr à prova a história que eu tinha concatenado depois de um ano em Ararampava, com base nos retalhos de informações coletados nos caminhos do vilarejo e nos recantos das minhas recordações. Se, ouvindo a minha versão da história, o Vicente ou a Júlia se sentissem levados a corrigir algo que eu tinha entendido errado ou a revelar um fato do qual eu ainda não tinha conhecimento, tanto melhor, mas não era essa a minha expectativa, não era essa a minha esperança. Eu acreditava que não havia mais nada de essencial a descobrir, ou nada de essencial que fosse *descobrível*. O que eu queria era saber se nós três seríamos capazes de entender a vida do Cláudio da mesma forma. Eu queria saber se a vida dele e o seu fim poderiam ser entendidos de uma mesma forma.

A questão era encontrar o momento certo para ter essa conversa. Na sexta, quando o Vicente, a Marcela e a Júlia chegaram, eles quiseram dar uma volta pela mata, tomar pinga com mel na varanda, curtir o interior. Por um lado, eu fiquei encarregada de olhar as três crianças, por outro, eu estava sem jeito para puxar a difícil conversa. No sábado, ainda pela manhã, o Vicente teve a ideia de fazer o churrasco, e atrapalhar o divertimento de todos relembrando as desventuras do Cláudio me pareceu ainda mais fora de cogitação. Durante o churrasco, enquanto eu bebericava um gim-tônica delicioso, tão fresco debaixo do calor do verão serrano, eu pensei que talvez o ideal fosse esperar a manhã de domingo, depois do café, antes de eles arrumarem a mala. Aí sim eu reuniria o Vicente e a Júlia e teria a conversa. Coloquei o plano assim, em suspenso, e me deixei levar pelos chamados dos meus netos. Empurrei o Tomás no balanço, ajudei a Paloma e o Gabriel a escalar o brinquedo de se pendurar, molhei a areia para que os três pudessem construir castelos com os potinhos coloridos, subi e desci com o Tomás na gangorra. Nos intervalos das brincadeiras, eu bicava o meu copo de gim-tônica, que parecia estar sempre cheio, graças à ação gentil da Marcela, ou seria da Júlia? Eu nunca via quem enchia o meu copo, embora eu agradecesse, em silêncio, com um ligeiro brinde no vazio, a quem quer que fosse.

Só podia ser o efeito desses drinques, pois lá pelas tantas me bateu uma vontade súbita de chamar a Isabela para participar do churrasco. A vontade veio do nada, e eu, aturdida até, tentei abafar esse disparate. Ainda mais com a Júlia presente. Mas a vontade retornava, e logo eu estava debatendo comigo mesma, a sério, se não era, sim, o caso de levar o impulso adiante. Nesse vai-não-vai, uns relances da história do Cláudio começaram a se iluminar e se apagar e se recombinar na minha mente, e pensamentos novos sobre tudo se construíram sozinhos. Construíram-se como uma espécie de justificativa atrasada da minha vontade de chamar a Isabela.

Onde eu enxergava apenas ingratidão, passei a enxergar algo mais complexo, nuançado. Comecei a contemplar a ideia de que a Isabela talvez não tivesse culpa, nem do que havia sentido, nem do que tinha provocado no meu filho. Pensei nela, ainda uma pobre adolescente, deitada no leito do hospital, convalescendo de um parto traumático, ouvindo as promessas do Cláudio, sendo pressionada a dizer se aceitava ou não o que ele propunha, num momento em que a sua própria vida estava em risco. Ela aceitou, mas a sua aceitação não tinha o mesmo sentido para ela e para o meu filho. A aceitação dela era uma palavra de afago que ela dirigia ao Cláudio, eram palavras destinadas a aliviar a dor que ele também sentia. O significado, para ela, era sentimental. Não tinha teor de compromisso. Ela não selou acordo nenhum. E ela tentou explicar isso para ele nos anos seguintes, e ele é que não admitia a hipótese, ele é que não aceitava. O Cláudio via aquela conversa à beira do leito de um ponto de vista moral, de um ponto de vista de compromisso de honra, enquanto ela via tudo de um ponto de vista emocional, de um ponto de vista das circunstâncias sentimentais daquele momento particular. Esse desencontro de perspectivas é que tinha lançado, sobre a vida concreta dos dois, aquele aspecto de loucura e, mais do que isso, de certa violência de um contra o outro. Se bem que talvez houvesse sempre uma dimensão de violência nas promessas, já que uma promessa busca adequar o mundo à palavra dita, e isso envolve alguma força, envolve o exercício implacável da vontade pessoal. E me pareceu que as negativas da Isabela poderiam ser entendidas, também elas, como um ato de bondade. Pois a promessa do Cláudio era incumprível. De duas formas distintas. Era incumprível porque era aberta e indeterminável: enquanto o meu filho estivesse vivo, ele sempre poderia dar e fazer mais em benefício da Isabela. Não havia fim, senão a abdicação da promessa ou o próprio fim irreversível de um dos dois. E era incumprível, também, porque o desejo verdadeiro do Cláudio, a primeira razão de ser da promessa, era inatingível, fosse qual fosse. Voltar no tempo para que ela não tivesse engravidado, restituir a sua capacidade de gerar, devolver a vida ao menino morto, recuperar a pureza. Não existia reparação real possível para esses males, não havia conserto praticável, independentemente de quem era a culpa pelo que havia acontecido, se é que havia culpa. As negativas da Isabela podiam, assim, ser entendidas como uma renúncia bondosa, como uma tentativa de levar o meu filho a desistir do seu projeto impossível, a aprender a esquecer, a aceitar viver a vida dele, sem amarras inventadas e sacrificantes. Talvez a Isabela não fosse uma ingrata. Talvez fosse o contrário. Ingrata ou não, o certo era que o Cláudio queria o bem dela. O valor máximo, para o meu filho, prendia-se a fazer o bem para a Isabela.

Com os meus netos no quintal, bebericando os meus copos de gim-tônica sempre cheios, eu não sabia mais se cabia a mim julgar as escolhas ou as convicções do Cláudio. Fazer o bem nunca poderia ser malvisto, poderia? Eu não sabia, eu não sabia, mas uma coisa de repente me pareceu muito clara. Tratar bem a Isabela era uma forma de honrar a memória do Cláudio. Era para isso que eu tinha reunido toda a família no sítio, não era? Preservar, em alguma medida, o objetivo que ele tanto quis alcançar era um jeito de não pôr todo o seu trabalho a perder, de não abandonar a Isabela. Ele não ia querer isso. Senti uma necessidade urgente de reparar a grosseria que eu tinha feito contra ela ao final da conversa perto do riacho, conversa que *eu* tinha procurado.

Deixei as crianças brincando na caixa de areia, apoiei o meu gim-tônica num canteiro qualquer e atravessei a rua até a casa da Isabela. Foi ela quem atendeu.

"Vem, eu quero que você venha comigo."

Ela me olhou com discreto pânico, mas, dócil como era, aceitou que eu tomasse a sua mão e a levasse embora, sem outras explicações. Quando chegamos ao portão do sítio, entretanto, e ela viu as crianças, o Vicente, as minhas noras, ela estacou, se desvencilhou de mim e retornou para casa, com os seus passos rápidos e o rosto virado para o chão.

Eu entrei no sítio, peguei um pote na cozinha e o enchi com arroz à grega e cortes das carnes que o Vicente estava assando. Então, foi a minha vez de dar meia-volta. Bati de novo à porta da Isabela.

Foi o Luciano quem me atendeu. Do batente, eu podia espreitar a Isabela de pé, olhando o quintal pela janela. Eu indiquei que queria entrar na casa, e o Luciano abriu espaço, meio atordoado.

"Eu entendo que você não quer participar, mas aceita pelo menos um pouco da comida. Você sabe que dia é hoje."

A Isabela se virou e me olhou, dessa vez com uma expressão de entendimento. Ela segurou o pote, e eu a abracei, sentindo o seu peito arfar num soluço choroso. Com um beijo no seu rosto e uma frase no seu ouvido, eu me despedi: "Se você precisar de qualquer coisa, pode me procurar."

Este livro foi composto em Minion Pro
e impresso em papel pólen natural 80 g/m²,
em março de 2024.